Goosebumps®

Goosebumps®

Goosebumps®

雞皮疙瘩 15

小心雪人

Beware, the Snowman

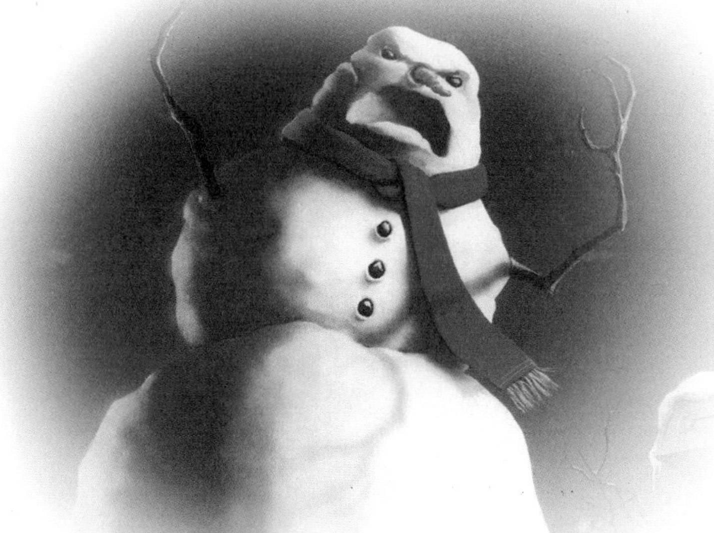

R.L. 史坦恩（R.L.STINE）◎著

柯清心◎譯

致台灣讀者

讀者們，請小心……

我是R·L·史坦恩，歡迎到「雞皮疙瘩」的可怕世界裡來。

你是否曾在深夜裡聽到過奇怪的嚎叫？你是否曾在黑暗中聽到腳步聲——卻根本看不到人？你是否見過神祕可怖的陰影，幽幽暗處有眼睛在窺視著你，或者身後有聲音叫你的名字？

如果是這樣，你應該了解那種奇特的發麻的感覺——那種給你一身雞皮疙瘩、被嚇呆的感覺。

在這些書裡，幽靈在閣樓上竊竊低語；膽顫心驚的孩子忽而隱形；稻草人活了，在田野裡走來走去；木偶和布娃娃也有生命，到處嚇人。

當然，這些都是磨礪心志的好玩的嚇人事。我希望你們感到害怕，同時也希望你們大笑。這都是想像出來的故事。當然，最可怕的地方在你們自己心裡。

過個害怕的一天吧！

出版緣起

人生從奇幻冒險開始

城邦媒體集團首席執行長　何飛鵬

我的八到十二歲是在《三劍客》、《基度山恩仇記》、《乞丐王子》中度過的。可是現在的小孩有更新奇的玩具、電玩、漫畫，以及迪士尼樂園等。

八到十二歲，正是孩子從字數極少、以圖畫爲主的繪本閱讀，跨越到漸漸以文字閱讀爲主的時期。也正是訓練孩子從圖像式思考，轉變成文字思考的重要階段。在這個階段，養成長期的文字閱讀習慣，能培養孩子敘事、分析、推理的邏輯思辨能力，奠定良好的寫作實力與數理學力基礎。

然而，現在的父母擔心，大環境造成了習於圖像、不擅思考、討厭文字的一代。什麼力量能讓孩子重回閱讀的懷抱呢？

全球銷售三億五千萬冊的「雞皮疙瘩」，正是爲了滿足此一年齡層的孩子的需求而誕生的！

無論是校園怪奇傳說、墓地探險、鬼屋驚魂，或是與木乃伊、外星人、幽靈、吸血鬼、殭屍、怪物、精靈、傀儡相遇過招，這些孩子們的腦袋裡經常出現的角色或想像，經由作者的生花妙筆，營造出一個個讓孩子們縱橫馳騁的魔幻時空、光怪陸離的神奇異界，經歷各種危急險難，最終卻又能安全地化險為夷。這樣的冒險犯難，無論男孩女孩，無不拍案稱奇、心怡神醉！

本系列作品被譯為三十二種語言版本，並在全球數十個國家出版，創下了出版史上多項的輝煌紀錄，廣受世界各地孩子的喜愛。作者史坦恩表示，這套作品之所以成功，是因為多年的兒童雜誌編輯工作，讓他對兒童心理和兒童閱讀需求有了深刻理解——他知道什麼能逗兒童發笑，什麼能使他們戰慄。

我們誠摯地希望臺灣的孩子也能和世界上其他的孩子一樣，有更豐富多元的閱讀選擇。更希望藉由這套融合驚險恐怖與滑稽幽默於一爐，情節緊湊又緊張的「雞皮疙瘩系列叢書」，重拾八到十二歲孩子的閱讀興趣，從而建立他們的閱讀習慣，擁有一個快樂學習的童年。

現在，我們一起繫好安全帶，放膽體驗前所未有的驚異奇航吧！

專文推薦

戰慄娛人的鬼故事

廖卓成
國立臺北教育大學語文與創作系兒童文學教授

這套書很適合愛看鬼故事的讀者。

文學的趣味不止一端，莞爾會心是趣味，熱鬧誇張是趣味，刺激驚悚也是趣味。有人擔心鬼故事助長迷信，其實古典小說中，也有志怪小說一類，《聊齋誌異》就有不少鬼故事。何況，這套書的作者開宗明義的說：「這都是想像出來的故事」，不必當眞。

既然恐怖電影可以看，看鬼故事似乎也無妨；考試的書讀久了，偶爾調劑一下，對頭腦卻是有益。當然，如果看鬼片會連續失眠，妨害日常生活，那就不宜勉強了。

雋永的文學作品，應該有深刻的內涵；但不少兒童文學作品說教有餘，趣味不足。只要有趣味，而且不是害人爲樂的惡趣，就是好的作品。鮑姆（Baum）在《綠野仙蹤》的序言裡，挑明了他寫書就是爲了娛樂讀者。

倒是內行的讀者，不妨考校一下自己的功力，留意這套書的敘事技巧，由主角「我」來講故事，有甚麼效果？書中衝突的設計與化解，是否意想不到又合情合理？能不能有不同的設計？會不會更好？這是另一種引人入勝之處。

導讀

結局只是另一場驚嚇的開始

耿一偉
臺北藝術節藝術總監
臺北藝術大學戲劇系兼任助理教授

不知道大家還記不記得，小時候玩遊戲，比如捉迷藏等，都會有一個人要當鬼。鬼在這個遊戲中很重要，沒有鬼來捉人，遊戲就不好玩。這些遊戲的關鍵特色，不是人要去消滅鬼，而是要去享受人被鬼追的刺激樂趣。所以當鬼捉到人後，不是遊戲就結束，而是下一個人要去當鬼。於是，當鬼反而是件苦差事，因爲捉人沒有樂趣，恨不得趕快找人來替代。所以遊戲不能沒有鬼，不然這個遊戲就不好玩了。

在史坦恩的「雞皮疙瘩系列」中，這些鬼所扮演的角色也是類似遊戲中的鬼，給我帶來閱讀與想像的刺激。各位讀者如果留意一下，會發現在他的小說中，都有一個類似的現象，就是結局往往不是一個對抗式的終局，一種善惡誓不兩立，以消滅魔鬼爲最終目標的故事——這比較是屬於成人恐怖片的模式，不是你死，就是人類全部變殭屍。但「雞皮疙瘩系列」中，你的雞皮疙瘩起來了，可是結尾的時候，鬼並不是死了，而是類似遊戲一樣，這些鬼換了另一種角色，而且有下一場遊戲又要繼續開始的感覺。

礙於閱讀的樂趣，我無法在此對故事結局說太多，但各位看完小說時，可以再回想我在這裡說的，就知道，「雞皮疙瘩系列」跟遊戲之間，的確有類似性。換另一個角度來看，這些主角大多為青少年，他們在生活中碰到的問題，如搬家面對新環境、男生女生的尷尬期、霸凌、友誼等，都在故事過程一一碰觸。

「雞皮疙瘩系列」令人愛不釋手的原因，也在於表面上好像主角是鬼，但讀到一半，你會感覺到，故事的重點不知不覺地從這些鬼怪轉移到那些被追的青少年身上，鬼可不可怕不是重點，重點是被追的過程中，一些青少年生活中的苦悶，也被突顯放大，甚至在故事中被解決了。所以你會在某種程度感受到，這本書的內容是在講你，在講你的生活，在講你的世界，鬼的出現，只是把這些青春期的事件給激化了。

另一個有趣的現象，是從日常生活轉入魔幻世界的關鍵點，往往發生在父母不在身邊，然後主角闖入不熟識空間的時候——比如《魔血》是主角暫住到姑婆家、《吸血鬼的鬼氣》是闖入地下室的祕道、《我的新家是鬼屋》是新家的詭異房間……等等。

因為誤闖這些空間，奇怪的靈異事件開始打斷平凡無趣的日常軌道，一段冒險展開了，一場你追我跑的遊戲開始進行，而父母們往往對此毫無所悉，不知道自己的兒女在故事結束時，已經有所變化，變得更負責任，更勇敢。

「雞皮疙瘩系列」的意義，也在這個地方。在平凡無奇充滿壓力的青春期校園生活中，有那麼多不快樂、有那麼多鬼怪現象在生活中困擾著我們，但這無法跟家長說，因為他們不能理解，他們看不到我們看到的。但透過閱讀，透過想像力所引發的鬼捉人遊戲，這些不滿被發洩，這些被學校所壓抑的精力被釋放了。

幸好有這些鬼怪的陪伴，日子不再那麼無聊，世界可以靠自己的力量改變。終究，在青少年的世界裡，鬼怪並不是那麼可怕，在史坦恩的小說中，也往往會有主角最後拯救了這些鬼怪的情形，彷彿他們不是惡鬼，而比較像誤闖人類世界的外星人……這也是青少年的焦慮，他們正準備降臨成人世界，這件事讓他們起了雞皮疙瘩！！

這句英文怎麼說

我怎麼會想起這首兒歌？
Why did that rhyme return to me?

1.

當雪花狂飆，
日漸西沉，
小心雪人哪，我的孩子。
小心雪人。
雪人帶來了酷寒。

我怎麼會想起這首兒歌？

這是我在幼年時，母親常唸給我聽的一首歌謠，母親輕柔的聲音彷彿猶在耳際，自從五歲以後，我就再也沒聽過母親的聲音了……

小心雪人。

雪人帶來了酷寒。

母親在我五歲的時候去世了，之後我便和桂塔阿姨同住。現在我十二歲了，阿姨從不唸那首歌謠給我聽。

當桂塔阿姨和我步下廂型車，望著我們被白雪覆蓋的新家時，爲什麼我竟會想到那首歌呢？

「賈西琳，妳怎麼不太開心？」桂塔阿姨將手搭著我的藍大衣肩頭說：「妳在想什麼，親愛的？」

我打了個寒顫，不是因爲被桂塔阿姨嚇到，而是因爲冷風不斷的從山上吹下來。我望著這棟將成爲我們新家的平頂小屋。

小心雪人。

這首童謠還有第二段，可是我爲什麼想不起來？

不知道我們是不是還留著母親以前常讀給我聽的那本舊詩集。

「好舒適的小房子啊！」桂塔阿姨說，她的手依舊搭在我的肩上。

我覺得好悲傷，難過得不得了，不過我還是勉強擠出一絲微笑，喃喃說道：「

這句英文怎麼說

從我長記性以來，她就一直有著白頭髮。
She has had white hair for as long as I can remember.

是啊，很舒適。」雪堆積在窗台上，還填滿了鵝卵石之間的空隙，低矮平坦的屋頂上覆著一層白雪。

桂塔阿姨平時蒼白的臉頰被凍紅了。阿姨並不老，但從我長記性以來，她就一直有著白頭髮。阿姨向來都會在頭後面綁條辮子，那辮子幾乎快垂到她的屁股上了。

阿姨長得又高又瘦，還滿漂亮的，她的臉蛋圓而細緻，一雙憂鬱的眼睛又大又黑。

我跟阿姨長得一點也不像，我不知道自己長得像誰，我不大記得我媽媽的事，而且我從不知道自己的父親是誰。桂塔阿姨說，我出生沒多久後，我爸爸就失蹤了。

我長了一頭捲曲的深棕色頭髮，眼珠是棕色的，個子又高又壯，我是芝加哥學校女子籃球隊的主將。

我喜歡高談闊論、跳舞和唱歌，桂塔阿姨卻可以整天不吭聲。我很愛阿姨，可是她實在太嚴肅、太悶了……有時我眞希望她能健談一點。

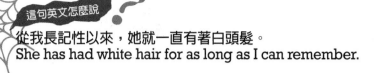

我需要說話的伴哪，我哀怨的想。我們昨天才離開芝加哥，我卻已經開始想念我的朋友了。

在這種北極圈邊緣的小村莊裡，我去跟誰交朋友啊？

我幫阿姨把袋子從車上搬下來，我的靴子在堅硬的雪地上踩得嘎嘎作響。

我抬頭看著蒙上白雪的高山，這裡到處都是雪，我根本分不清山跟雪的交界在哪兒。

路邊那些方形的小房子在我看來一點都不眞實，它們看起來就像是用薑餅蓋成的。

我好像走進了童話的世界。

只是這不是童話，而是我的眞實人生。

眞實而詭異的人生。

我的意思是，我們爲什麼非得要從美國搬到這種冷死人的山區小村落啊？

桂塔阿姨從來沒好好的跟我解釋過，「該做點改變了，」她喃喃的說，「該繼續過日子了。」要她一次多說幾個字，實在比登天還難。

這句英文怎麼說

它們看起來就像是用薑餅蓋成的。
They looked as if they were made of gingerbread.

我知道阿姨跟媽媽是在類似這樣的小村子長大的，可是我們為什麼非得現在搬來這裡？為什麼我非得離開學校和所有的朋友不可？

雪比亞。

這是什麼怪名字，雪比亞？

你能想像我們竟然會從芝加哥搬到「雪比亞」嗎？

運氣好？才怪。

雪比亞連滑雪小鎮都稱不上，整個村子根本沒幾個人！我真懷疑這裡有跟我同齡的小孩。

桂塔阿姨踢開新家門前的雪堆，用力的開門。「木頭變形了。」她低聲說，然後垂下肩膀抵住門——將門頂開。

阿姨雖然瘦，卻挺結實的。

我開始把大大小小的袋子扛進屋裡，可是路的對面覆著積雪的院子裡立著的某樣東西，吸引了我的目光。

我好奇的轉過身看著它。

等看清楚後，我忍不住倒抽一口氣。

那是什麼啊？雪人嗎？

戴著圍巾的雪人嗎？

我看著路對面的雪人，雪人竟然開始移動了。

這句英文怎麼說

好詭異的雪人哪。
What a weird snowman.

2.

我眨眨眼。

不對，雪人沒動。

是紅色的圍巾在風中翻飛。

我朝雪人走去，靴子嘎吱嘎吱的大聲作響；我小心翼翼的檢視雪人一番。

好詭異的雪人哪。

它那用細瘦樹枝做成的手臂，一隻側向一旁，另一隻則直直的往上伸去，好像在對我招手。而且每根樹枝都各伸出三根像手指一樣的細枝子。

雪人以兩顆黑色的圓石爲眼，一根歪七扭八的胡蘿蔔做鼻子，小小的鵝卵石排列出一道下垂獰笑的嘴巴。

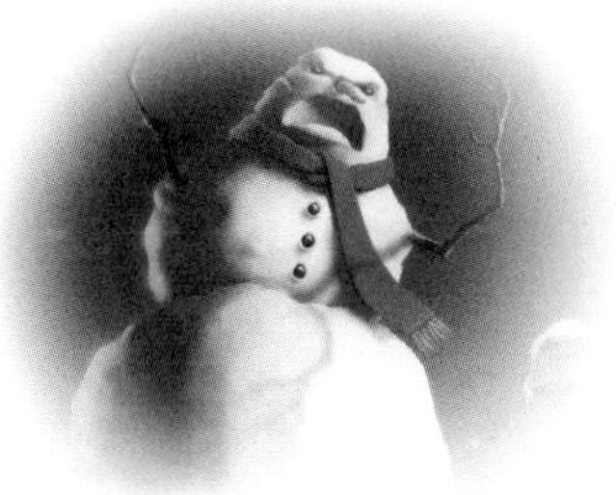

他們幹嘛把雪人做得這麼惡形惡狀？真搞不懂。

我沒辦法將視線從那道疤痕上移開，那道疤又長又深，就劃在雪人的右臉頰上。

「詭異！」我大聲說道。我最喜歡講這句話了，桂塔阿姨老是說，我需要擴增我的詞彙。

不過你還能用別的方式形容一個惡形惡狀、發出冷笑、臉上長疤的雪人嗎？

「賈西琳——快來幫忙啊！」桂塔阿姨叫喚著，我從雪人身邊轉開身，匆匆越過馬路返回新家。

我們花了好長一段時間才把廂型車搬空，當我們把最後一個紙箱拖進木屋時，桂塔阿姨找來一只鍋子，然後在廚房裡的老式小爐子上煮起熱可可。

「好舒適啊。」阿姨又說了一次。她微笑著，但黑色的眼睛卻打量著我的表情，大概是想知道我快不快樂吧。

「至少這裡面很溫暖。」阿姨說。她用瘦削的手指環住裝熱可可的白色馬克杯，臉頰還是被凍得紅紅的。

這句英文怎麼說

我沒辦法將視線從那道疤痕上移開。
I couldn't take my eyes off the scar.

我鬱鬱的點點頭，我很想打起精神來，可是就是辦不到。

我一直想著家鄉的朋友，不知道他們今晚是不是要玩鬥牛；我的朋友都很喜歡打籃球。

我哀怨的想，在這裡大概不太能打籃球了，就算這裡的人愛打，村子裡的小孩搞不好還湊不成一隊哩！

「妳在上邊會很暖和的。」桂塔阿姨打斷我的思緒，指著低矮的天花板說。

這房子只有一間臥房，是阿姨的房間，我的房間則設在屋頂下的矮閣樓裡。

「我去看看吧。」我將椅子往後推開，它刮過硬木地板。

通往我的房間的唯一通路是靠牆的一把金屬梯子，我攀上梯子，推開天花板上的木板，爬進低矮的閣樓裡。

阿姨說的一點也沒錯，的確是滿「舒適」的。

天花板太低了，我沒法站直，蒼白的天光自房間盡頭的小扇圓窗灑下來。

我彎著身子走到窗邊向外望，窗戶玻璃上沾著斑斑點點的雪花，不過我可以看到馬路以及兩排盤桓在山緣的小房子。

外邊連個人影都看不見，半隻貓也沒有。

他們八成都跑到佛羅里達去了，我鬱卒的想。

現在正值寒假期間，這裡的學校全關了。桂塔阿姨和我行經村子時經過學校，那是一座灰石蓋的小建築，比車庫大不到哪兒去。

我們班會有幾個同學啊？三個還是四個？還是只有我？他們全會說英文吧？

我用力吞了口口水，暗罵自己太悲觀。

振作點啊，賈西琳，我心想，雪比亞是座美麗的小村子，也許妳在這裡會遇到一些很酷的小孩。

我縮著頭，回到梯子邊。我決定要在天花板上貼滿海報，這樣一來閣樓裡鐵定會充滿生氣。

或許也能順便幫自己打打氣吧。

「要不要我幫忙整理行李？」我邊下梯子，邊問桂塔阿姨。

她把長長的白辮子從肩上撥開說：「不用了，我想先整理廚房，妳去散個步或什麼的，到處看看吧。」

這句英文怎麼說

房屋之間的距離漸次加大。
The houses were farther apart.

幾分鐘後，我已經來到戶外，緊拉著風衣帽子上的鬆緊繩。我調整襯著毛裡的手套，等著眼睛適應白雪反射的強光。

我該往哪個方向走？

我已經看過學校、雜貨店、小教堂以及馬路那一頭的郵局了，因此我決定沿著馬路「上」坡，朝山頂的方向走。

雪積得相當硬實，當我頂著風開始步行時，雪上幾乎留不下什麼痕跡。馬路中央壓出了兩條車痕，我決定沿著其中一條走。

我穿越兩間跟我們家大小一樣的屋舍，兩間屋子看起來都又黑又空。一棟高大石屋的車道上停了一輛吉普車。

我看見前院有個小孩用的雪橇，那是一架老式的木製雪橇，有隻黃眼睛的黑貓正從客廳窗口向外瞄著我。

我還是沒看見任何人。

走著走著，呼呼作響的風變得更冷了。蜿蜒而上的路越來越陡，房屋之間的距離漸次加大。

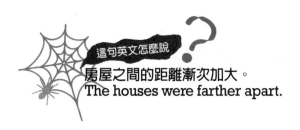

當雲朵自太陽旁邊散去，雪地發出了皚皚的白光，剎時間變得美麗極了！我回頭看著剛才經過的房子，它們就像白雪中的小薑餅屋一樣。

好漂亮啊，我心想，也許我「將會」慢慢喜歡這裡。

「唉唷！」我大叫一聲，感覺到有人用冰冷的手指掐住我的脖子。

這句英文怎麼說

我嚇到你了沒？
Did I scare you?

3.

我轉過身，甩開那隻冰冷的手。接著便看到一個穿著棕色羊皮夾克、頭戴紅綠相間滑雪毛帽的男孩對我咧嘴而笑。

「我嚇到妳了沒？」他問，臉上笑意更深了。

我還沒來得及回答，一名跟我年紀差不多的女孩就從一大片長青樹叢後跑了出來。

她穿了一件紫色的鵝毛外套，還戴著紫色的手套。

「別理阿里，」她把頭髮從臉上甩開說，「他超討厭的。」

「謝謝妳的誇獎。」阿里笑著說。

我看他們八成是姊弟。兩個人都有張圓臉、直溜溜的黑髮和一對明亮湛藍的

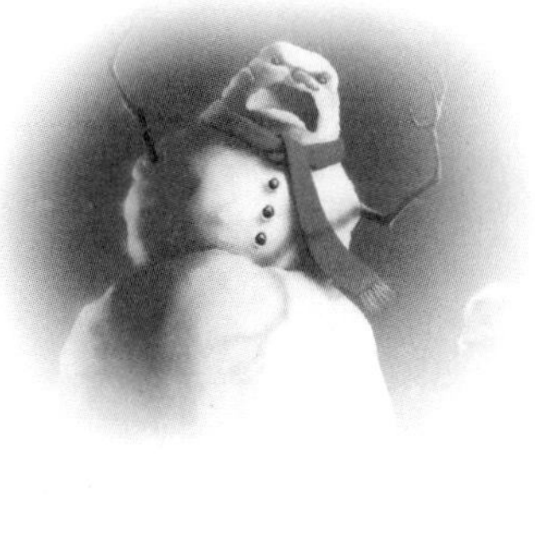

眼睛。

「妳是新來的。」阿里斜眼瞄著我說。

「阿里覺得嚇新來的小孩很好玩。」他老姊翻著白眼告訴我說，「我弟很煩，對不對？」

「在雪比亞，除了被嚇之外，還能幹嘛。」阿里振振有詞的說，他的笑容消失了。

講這種話可真詭異啊，我心想。

我向他們自我介紹：「我是賈西琳·迪佛斯。」這對姊弟的名字是蘿蘭達·布朗寧和阿里·布朗寧。

「我們住在那邊。」阿里指著白房子說，「妳住哪兒？」

我指著路的下方。

「下面遠一點的地方。」我答道。我正想問他們一些事——可是當我看到他們在做的雪人時，便閉嘴不問了。

雪人有隻手指著外側，一隻手向上，頭下圍了條紅圍巾，而且右臉頰上割了

這句英文怎麼說

講這種話可真詭異啊。
What a weird thing to say.

一道深深的疤痕。

「那個雪、雪人……」我口齒不清的說，「看起來很像我在我們家對街看到的那個。」

蘿蘭達的笑容消失了，阿里低頭看著雪地。

「是嗎？」他喃喃的說。

「你們爲什麼把雪人做成那樣？」我問，「看來好詭異哦，你們爲什麼要在它臉上劃一道疤？」

他們緊張的面面相覷。

兩人都沒回答。

最後蘿蘭達聳聳肩嘀咕道：「我也不太清楚。」

她臉紅了。

她在說謊嗎？

爲什麼她不想回答我的問題？

「妳要上哪兒去？」阿里問，一邊將雪人的紅圍巾紮緊。

「隨便走走而已。」我告訴他說，「你們要不要跟我一起去？我想走到山頂。」

「不行！」阿里驚喘道，他的藍色雙眼瞠嚇得極大。

「不可以！」蘿蘭達叫道，「妳不能去！」

這句英文怎麼說

結果到底是什麼原因？
So what's the real reason?

4.

「什麼？」

我驚訝的張著嘴看著他們，他們到底哪根筋不對啊？

「我爲什麼不能上山頂？」我問。

恐懼迅速的從他們臉上消失，蘿蘭達把黑髮甩到身後，阿里則假裝忙著弄雪人的紅圍巾。

「妳不能去，因爲山頂在整修，封閉了。」阿里終於回答。

「啊哈，眞好笑。」蘿蘭達罵道。

「結果到底是什麼原因？」我問。

「呃……嗯……我們從來沒去過山頂。」蘿蘭達支支吾吾的瞄著她弟弟說，

她等著阿里多說幾句，可是阿里半聲也沒吭。

「有點像是傳統啦，」阿里避開我的眼神繼續說，「我的意思是……嗯……我們反正就是不會到那兒去。」

「山頂太冷了，」阿里補充說，「所以我們才不去，山頂太冷了，人類沒法存活，人不到半分鐘就會凍成冰棍。」

我知道他在說謊，我知道那不是眞正的理由，可是我決定不再追究。他們兩個突然一副緊張兮兮、擔心不已的樣子。

「妳從哪兒來的？」蘿蘭達問。她把戴著手套的手深深插進外套口袋裡，「從隔壁村來的嗎？」

「不，從芝加哥來的。」我告訴她，「我們以前住在湖邊的公寓。」

「你們是搬到『這裡』的嗎？」阿里大聲問，「從芝加哥搬來雪比亞？爲什麼？」

「問得好。」我無奈的咕噥說，「是這樣的，我跟我阿姨住在一起，桂塔阿姨決定搬來這裡，所以……」我無法掩飾聲音裡的悲傷。

這句英文怎麼說

路向上繞得更高了。
The road curved higher.

我們又一起走了幾分鐘，我得知他們姊弟從小就住在雪比亞。「沒那麼慘啦，妳會習慣沒看到那麼多人的。」蘿蘭達告訴我。

「如果妳喜歡雪的話，這裡滿好的。」阿里補充說，「這裡最不缺的就是雪了！」

我們全都笑了。

我說：「待會兒見啦。」然後開始沿著路往上走。

「妳該不會是要去山頂吧？」阿里喊道，聲音裡再度充滿恐懼。

「沒有啦。」我拉緊帽兜喊回去，「風越來越大了，我只是想再往前走一點點而已。」

路向上繞得更高了，我嘎嘎的踩過一大片林地，林子裡長滿了細如鉛筆的松樹，那些樹橫七豎八的長著，沒一棵長直的。

我在雪地上看到動物的足跡，是浣熊還是松鼠的啊？不對，太大了，是鹿嗎？我分辨不出來。

我抬起頭——接著驚訝的叫出聲來。

又一個有著歪鼻子、黑眼睛的雪人冷眼瞪著我。

雪人的紅圍巾在狂風中飛揚。

我瞪著它臉上那道深長的疤。

雪人的枝臂在風中揮舞，彷若在向我招呼。

「他們爲什麼要做這些可怕的雪人？」我大聲問著。

我轉過身——看到另一個雪人立在街道對面的前院裡，同樣有著三根手指，同樣的紅圍巾，一樣的疤痕。

我想，一定是村子裡的裝飾吧。

可是蘿蘭達和阿里爲什麼不想告訴我呢？

灰沉沉的烏雲掩住了太陽，雪人的影子開始拉長，直到掠過我。

我突然一凜，往後退開。

天色很快變黑了。

我抬眼望向山頂，卻被松樹林擋住了視線。

我該回去，還是該繼續走？

這句英文怎麼說

我決定繼續往前走。
I decided to keep going.

我想起了阿里聽到我要去山頂時害怕的表情，也想起了蘿蘭達大聲的喊說：

「妳不能去！」

這只惹得我更加的好奇。

他們在怕什麼？

山頂上有什麼東西？

我決定繼續往前走。

接下來的一戶人家，車道上的廂型車被埋在厚厚的積雪下，看起來好像整個冬季都沒人開過。

我循著路，漸漸遠離那些住家。

雪變得更深更鬆軟了，我的靴子都陷進去了。

我想像自己走在另一個星球上，一個從來沒有人探勘過的星球。

路更陡了，巨大的白色岩石從雪裡冒出來，一叢叢細細的松樹自四面八方突伸而出。

來到這個高度，已經見不到屋舍了，我只看得到樹林和被雪掩蓋著的灌木以及突出的岩塊。

路又彎了，風呼呼的吹著，我搓搓自己的臉頰和鼻子取暖，然後頂著風繼續前行。

當一間狹長的小屋子映入我的眼簾時，我停下步子。我用戴手套的手擋在眼前，望著小屋。

這麼高的地方怎麼會有房子？

怎麼會有人想住在這麼渺無人煙的高地？

屋子立在一塊方整的空地上，四周環著凌亂的松樹，看不見任何車或雪橇，雪地上也不見任何鞋印。

我慢慢朝小屋走近。

小屋的窗子上佈滿了霧氣，看不出屋子裡到底有沒有燈光。

我靠得更近了，心臟怦怦的亂跳。我把手臂靠在窗台上，將鼻子貼住玻璃，可是還是看不見裡頭的情形。

這句英文怎麼說

外邊的雪實在太亮了。

The snow had been so bright outside.

「有人在嗎？」我喊道。

一片寂靜，風颯颯的吹過小屋的角落。

我敲著門問：「哈囉？」

沒人回答。

「奇怪。」我嘀咕。

我試著輕輕的推推那扇門。

也許我不該那麼做，但是我做了。

門滑開了，我感到裡面飄出了一陣暖風。

「有人在嗎？」我往裡頭喊。

我朝門裡偷窺，裡面一片漆黑。

「哈囉？」

我走進去，其實我只是想瞧一眼而已。

外邊的雪實在太亮了，我的眼睛慢慢才適應昏暗的光線。

我還來不及看清，便瞄到一團白色的東西。

那團白色的東西低聲吼著，朝我跳了過來。

我感到一股熱氣吹在臉上。

接著便被一隻咆哮不已的白色動物撲倒了。

這句英文怎麼說

那東西立刻停止咆哮。
The snarling stopped instantly.

5.

「趴下！趴下，烏頭！」

那東西立刻停止咆哮。

然後退開去了。

「趴下，烏頭！」一個男人的聲音嚴厲的喝令著。

我喘著氣，將溫熱的口水從臉上擦掉，接著我發現自己正盯著一匹白狼。

那匹狼也張著嘴沉重的喘氣，牠的舌頭都快垂到小屋的地板上了。

白狼低著頭，一副隨時準備再次攻擊的架勢。牠深棕色的圓眼正狐疑的緊盯著我。

「趴下，烏頭。沒事的，乖狗狗。」

我從喘著氣的白狼身邊滾開，爬跪起來。我感到有雙手探下來抓住我，將我拉起來站著。

「妳還好嗎？」男人用銀灰色的圓眼打量我，他又高又瘦，全身穿著粗紋布。男人將長長的灰髮在腦後紮成馬尾，純白色的鬍子又厚又密。

他的眼神像鐵丸子似的閃閃發亮，我幾乎可以感受到他眼神的熱力。

「那……那是眞的狼嗎？」我問。

男人點點頭，他的表情很嚴肅，一對怪眼動也不動，連眨都沒眨。「牠不會傷害妳的，烏頭訓練有術。」

「可是牠……」我的嘴突然乾得要命，連話都快說不出來了。

「妳嚇到我們了。」男人說，眼睛還是沒眨，也沒看別的地方。「我們在後邊的房間裡。」他指著後邊牆上的門說。

「對不起，」我低聲道，「我不知道這裡有人，我以爲……」

「妳是誰？」男人生氣的問，他瞇著一對銀眼望著我，削瘦的臉龐在厚密的白鬍子下都漲紅了。

這句英文怎麼說

你為什麼闖入我家？
Why did you break into my house?

「我不是有意要……」

「妳究竟是誰？」他又問了一遍。

「我剛才在散步。」我拚命想解釋，要是我的心臟沒跳得那麼厲害、嘴巴沒那麼乾就好了。

白狼悶吼一聲，緊張的站著，牠垂著頭緊盯住我，彷彿等主人一聲令下，就要攻過來似的。

「妳爲什麼闖入我家？」男人朝我踏前一步問道。

我意識到他有危險性。

這男人有股說不出的詭異氣息，有股怒氣。

「我沒闖進來啊。」我說，「我只是……」

「妳明明闖進我家，」他堅稱，「難道妳不知道那有多危險嗎？烏頭是訓練來攻擊陌生人的。」

「對、對不起……！」我勉強的回答。

男人又朝我走近一步，他那對奇怪的圓眼還是眨都沒眨。

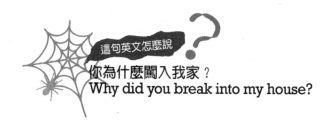

我害怕得胸口緊縮。

他想做什麼啊？

我不想知道。

我深深吸了口氣，然後火速轉過身——往門口衝去。

我逃得掉嗎？

這句英文怎麼說

他憑什麼那樣對我大吼大叫啊！

He has no right to shout at me like that!

6.

我把身後的門重重的往小屋的牆摔去。

我回頭一瞄——看見男子衝出小屋追我。

「妳要去哪兒？」他大叫，「喂——站住！妳要去哪兒？」

我指出方向，「去山頂！」我喊道。

「不可以，妳不能去！」男人憤怒的對著我吼道，「妳不能去山頂！」

他瘋了！我覺得。

他憑什麼那樣對我大吼大叫啊！

我想去哪兒，就去哪兒！

他瘋了。

天空開始飄雪了，大片大片溼冷的雪花在狂風中飛舞。

我將額頭上的一片雪吹開，然後跑到馬路上。

我驚恐的發現，那白鬍子的男子竟然追著我，半走半跑的越過深深的白雪。

「小心雪人哪！」他喊道。

「啊？」我轉身面對他，「你剛才說什麼？」我上氣不接下氣的大聲問。

這一天，那首古老的童謠第二次在我腦中響起……

當雪花狂飆，
日漸西沉，
小心雪人哪，我的孩子。
小心雪人。
雪人帶來了酷寒。

我簡直無法相信！

這句英文怎麼說

雪人住在冰穴裡。
The snowman lives in the ice cave.

我心想，打從五歲以後，我就再也沒想起過那首童謠了，而現在，這兒歌竟然在一天之內在我心中響起「兩遍」！

我們站在馬路兩端，彼此相覷。

我看到男子在顫抖，他身上只穿了件粗棉杉，沒穿外套，大朵大朵的雪片落在他灰色的頭髮及肩膀上。

「你剛才說什麼？」我問。

「雪人住在冰穴裡。」他用手圈在嘴邊喊著，好讓我能在風中聽見。

「呃？什麼雪人？」

他眞的是瘋了！我心想。

我幹嘛站在這裡聽一個瘋子胡說？

這男的除了有隻白狼作伴外，一個人住在山頂的小屋子裡！現在又在那邊胡謅什麼雪人的事！

「小心雪人哪！」男人又說了一遍：「妳不能到山頂去！不能去啊！」

「爲什麼不能去？」我問，聲音比自己所想的還要尖銳。

「碰到雪人不是什麼好事！」男人喊道。大片的雪花蓋住了他的鬍子，男人銀色的眼睛散發著詭異的光芒。

「妳如果遇到雪人，」他喊道，「就永遠回不來啦！」

瘋子，我心想。

難怪這個人會孤零零的住在這裡。

我轉身走開，我覺得自己逗留太久了。

我邊走邊滑，跑過深厚的雪層。

我使盡全力的奔跑著，冰冷的雪片打在我溫熱的臉上，我的心在狂跳著。

我跑下小路，跑下彎曲的山間小路。

喘著……喘著。

是「我」在重重的喘氣嗎？

那些沉重的腳步聲是「我的」嗎？

不是。

我回頭一望，看見白狼追了過來，而且越追越快。

這句英文怎麼說

我的靴子陷在深深的雪堆裡。
My boots sank into deep drifts.

牠露出牙齒，低著頭蓄勢攻擊。

「不！」我慘叫。大塊的雪片刺著我的眼睛，白色的大地傾斜，我絆了一下，但仍然繼續跑著。

我突然覺得自己好像被困在那種搖一搖，雪花就會紛紛飄落的玻璃球裡。

我往下坡滾去，雪從四面八方向我飛來，整個山腰似乎都在搖撼。

路呢！

路在哪裡？

我在飄降的白雪中迷了路，我的靴子陷在深深的雪堆裡。

但我還是繼續跑，往下跑……往下跑。

白狼沉穩的腳步聲傳入我耳裡。

我回頭一瞄，看到白狼慢慢追上我了，牠規律的邁步前行，輕而易舉的越過了雪堆。

白狼露著牙，一團團的霧氣從嘴裡噴吐而出。

我拚命的跑著，沒看到路邊突起的石塊。

我的靴子絆到其中一塊石頭。

「喔！」我的腿痛得讓我叫出聲來，同時整個人失去平衡的往前絆倒了。

我重重的摔趴在厚雪上。

我拚命吸氣，這一摔，感覺肺裡的氣都漏光了。

我七手八腳的跪起來，無助的看著白狼向我逼近。

這句英文怎麼說

會不會我一跑，牠就攻擊我？
Would it attack the moment I tried to run?

7.

我驚訝的發現，白狼在幾呎之外的地方停了下來。

牠低頭看著我，一邊沉重的喘息，牠的胸口在雪白厚實的皮毛下起伏，沾在牠舌頭上的雪片，瞬時便融化了。

我害怕的盯著白狼，一邊站起來。我把頭髮撥到後面，將外套上的雪刷掉。

白狼只是在喘口氣嗎？會不會我一跑，牠就攻擊我？

「回去，烏頭。」我低聲說，「回去。」

我的聲音在風雪中幾乎聽不見，白狼抬頭看著我，還是喘個不停。

我開始往後退，我好怕將視線從牠身上移開。

我向後退一步，接著再退一步。

白狼緊盯著我，卻沒動靜。

我的靴子踩上了路面，發出嘎吱聲。好耶！我找到路了！我繼續往後退。

白狼站得更高了，牠垂著尾巴，緊弓著背。

牠棕色的眼睛緊跟著我，看起來跟人的一樣。

牠在想什麼？牠為什麼要追我？

牠只是想確定我下山嗎？那個奇怪的男人是不是派牠來防止我跑上山頂？

我又退開一步，然後又一步。

白狼沒動。

蓋著雪的路蜿蜒而去，我一直往後退，直到離開了白狼的視線。

「媽呀！」我大大的鬆了口氣說。我轉過身，繼續快速的朝著村子和我的新家走去。

每隔幾秒，我就回頭瞄一下，但白狼並沒有跟來。

雪下得很大，我把帽子蓋在頭髮上，兩手拉著帽子，沿路而行。

不知道桂塔阿姨是不是在為我擔心，我離開的時間比原本預計的長了許多。

這句英文怎麼說

我發現有人在跟蹤我！
I'm being followed! I realized.

飄下的雪朵遮住了太陽，天空變得幾乎與黑夜一樣暗。

我開始經過路邊的房舍了，其中一些人家已經點上了燈火，一棟房子的壁爐還燃著熊熊的火焰，黑煙從煙囪飄了出來。

我經過一個詭異的疤面雪人，它的枝臂在風中顫動，看起來就像在跟經過的我招手。

我跑了起來。

當我跑過下一個街口時，又看到一個雪人在對我招手。

「我恨這個村子！」我心想。

太詭異、太邪門了！

我在這裡永遠不會快樂的，永遠不會！

桂塔阿姨幹嘛把我拖來這裡？

後面傳來的聲音將我那些不愉快的念頭趕跑了。

我發現有人在跟蹤我！

是狼嗎？

不對，這些沉重的腳步聲聽起來不一樣。

是人的腳步聲。

是那個留鬍子的瘋子——是他在跟蹤我！

「啊！」我害怕的呻吟了一聲。

深深吸了口氣後，我迅速的轉身面對他。

這句英文怎麼說

她穿過街道朝我跑來。
She jogged across the road to me.

8.

「賈西琳——嗨！」

我倒抽了一口氣，從飄落的大雪中看到了蘿蘭達。她穿過街道朝我跑來，雪片打在她烏黑的頭髮上。

「妳剛剛跑過我們家耶。」她上氣不接下氣的指著她家院子說，「妳沒看見我們嗎？」

我看著她身後，瞧見她弟弟阿里，阿里在他們家車道上向我揮手。

「沒有，我……呃……雪太大了，而且……」我結巴起來。

「妳還好吧？」蘿蘭達問。

「我……」我猶豫的說，「有一隻白狼在追我。」我衝口而出，「有個瘋子，

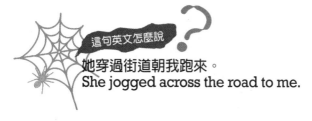

他住在靠近山頂的一間屋子，他的狼在追我，而且他……」

「妳遇到康洛德啦？」蘿蘭達大叫。

「什麼？康洛德？」風將我頭上的帽兜吹掉了，我瞇著眼看著蘿蘭達，「他叫康洛德嗎？」

蘿蘭達點點頭，「他自己蓋了間小屋子，還養了一隻叫烏頭的白狼，我之前本來想警告妳的，賈西琳……」

「警告我？」我打斷她的話。

「是啊，警告妳別接近他，他和他養的那頭狼……都很奇怪。」

「是啊！」我翻翻白眼嘀咕，「妳和阿里從不到山頂去，就是因爲他們嗎？」

蘿蘭達垂下眼，「嗯……他們是其中一個原因。」

我等她繼續往下說，可是她沒再說什麼。

蘿蘭達繼續低頭望著雪地，她用腳把另一隻靴子上的雪踢掉，阿里在她身後，兩手插在外套口袋裡看著我們。

「那……康洛德爲什麼離群索居住到那麼遠的山上？」我問。

這句英文怎麼說

她緊張的回頭看看她老弟。
She glanced back tensely at her brother.

蘿蘭達遲疑了一下。她緊張的回頭看看她老弟。

「沒有人知道到底爲什麼，」她終於答道，「他……也許他是爲雪人工作的吧，我的意是是說……」

她的聲音逐漸變小。

「妳說什麼？」我喊道，我相信我聽錯了，「妳剛才說什麼，蘿蘭達？他是爲『雪人』工作的？妳這話是什麼意思？到底是什麼意思？」

蘿蘭達沒回答，她再次緊張的回頭瞄著阿里。

「快說呀，蘿蘭達，妳剛才那句話是什麼意思？」我堅決的說，「妳說他爲雪人工作是什麼意思呀？」

蘿蘭達退開去，將頭髮上的雪片刷開。「我得進屋子裡去了，」她說，「快吃晚飯了。」

我跟在她身後，「可是妳得先解釋清楚。」我說。

「我不行啊，」她喃喃的說，「爲了阿里。他太害怕了。」

「可是，蘿蘭達……」我才開口，便看到阿里緊張兮兮的從車道上看著我們。

「回家啦！」蘿蘭達打斷我說，「回家就對了，賈西琳。」

「除非妳告訴我那句話是什麼意思，要不然我不回去。」我有時候很拗。

「好啦，好啦。」她低聲說，一邊瞄著身後的阿里。「明晚跟我見面，好嗎？明晚在教堂跟我碰面——我會把一切都告訴妳。」

這句英文怎麼說

我使勁的點頭。
I nodded my head furiously.

9.

「嗨——我回來了！」

我衝進屋裡，桂塔阿姨正彎著身從小廚房裡的紙箱拿出咖啡杯，將它們放到櫃子中。我一進屋，阿姨便轉過身來。

「在下雪嗎？」她問。

我使勁的點頭，頭髮上的雪片紛紛落下。「我從來沒見過那麼大的雪花。」我上氣不接下氣的回答。

桂塔阿姨皺了皺眉頭，「我在家裡忙死了，連窗外都沒空瞧一眼。」

我脫下外套拿到前面的衣櫃，但衣櫃裡還沒有衣架，我只好把弄溼的外套丟到一落紙箱上。

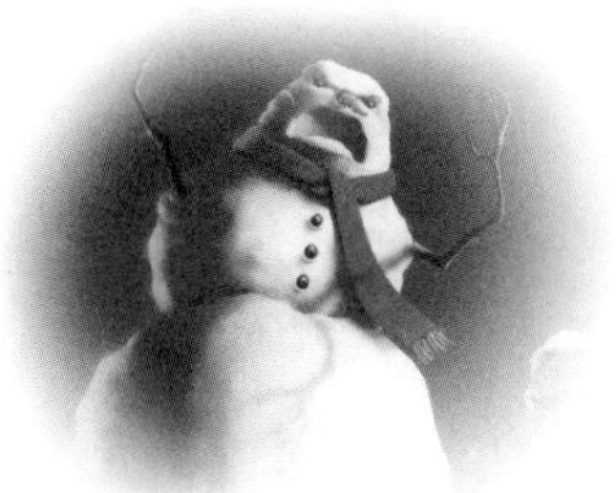

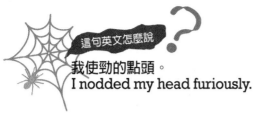

接著我走回廚房，揉著自己的毛衣袖子問：「桂塔阿姨，妳知不知道雪人的事？」

我聽到她驚喘一聲。

可是當她轉頭看我時，臉上卻沒什麼表情，「雪人？」

「妳知道山頂雪人的事嗎？」我問。

桂塔阿姨咬咬下唇，「不，我不知道，賈西琳。」她的聲音在發抖，阿姨爲什麼看起來那麼不安？

阿姨彎下身從紙箱拿出更多杯子，我走過房間去幫她忙。

「有人告訴我說我不該到山頂上去，因爲那裡有雪人。」我告訴她，「山頂上住了個雪人。」

阿姨什麼也沒說，默默將兩個杯子遞給我，我把杯子放到櫃架上。

「有個男人告訴我說，如果我在山頂遇到雪人，就永遠回不來了。」我繼續說道。

阿姨吐出一聲乾澀的短笑，低聲說：「那是村裡人的迷信。」

這句英文怎麼說

她眼神閃躲，避開我的注視。
She glanced away, avoiding my eyes.

我斜眼瞄著她，「眞的嗎？」

「當然啦。」阿姨答道，「這些小村子都各有各的鬼故事，妳要是被嚇到，對方才開心呢。」

「開心？」我皺皺眉，「我倒不這麼認爲。」

那個白鬍子的怪叔叔康洛德尖叫著要我別上山頂，可不像在開玩笑，我知道他絕不是在跟我開玩笑的。

他很認眞，他是在「威脅」我，他一點也不開心，完全沒有。

「桂塔阿姨，妳記得有首關於雪人的童謠嗎？」我問。

阿姨站起身，伸了伸腰，把手放在背上，「什麼童謠？」

「我今天想起一首童謠，是小時候聽過的；就是突然想起來的。」

桂塔阿姨再次焦慮的咬著下唇，「我不記得什麼童謠。」說著，她眼神閃躲，避開我的注視。

「我只記得第一段。」我告訴她，接著便背了起來：

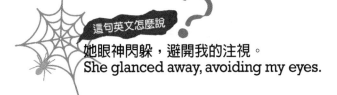

當雪花狂飆，
日漸西沉，
小心雪人哪，我的孩子。
小心雪人。
雪人帶來了酷寒。

當我唸完時，我看見桂塔阿姨臉上出現極爲怪異的表情，她兩眼含淚，下巴微微顫抖，臉色比平日還要蒼白。

「桂塔阿姨……妳沒事吧？」我問，「怎麼啦？」

「沒事。」阿姨很快答道，然後將臉別開。「沒事的，賈西琳，不過我不記得那首兒歌，我以前好像從沒聽過。」

她緊張的撥弄著長長的白辮子。

「妳確定嗎？」我怯怯的問。

「我當然確定了。」阿姨不悅的說。「好了，快幫我把這邊整理完，好讓我

這句英文怎麼說

為什麼她現在變得這麼怪？
Why is she acting so strange now?

去煮晚飯了。」

到底怎麼回事啊？我心想，阿姨幹嘛對我發脾氣。

而且爲什麼我覺得阿姨並沒有說實話？

桂塔阿姨以前從沒對我撒過謊。

爲什麼她現在變得這麼怪？

10.

那天晚上我怎麼也睡不著。

我的新床好硬。

我一直幻想低矮的天花板往下沉，最後掉在我身上。

雲朵飄開了，半輪明月懸掛天際。

月光照在圓窗上，在房裡拖出搖曳的長影。

我縮在被子下，這一切感覺既新奇且陌生，我懷疑自己永遠無法在這裡安睡。

我閉上眼，試著想點美好溫暖的事，我想著芝加哥的老朋友們，一個個回想他們的面容。

這句英文怎麼說

灌木叢在微風中顫動。
Bushes trembled in a soft breeze.

不知道今天我在山上歷經那件可怕的事時，他們都在做些什麼。

不知道他們會不會想念我。

就在我快睡著的時候，我開始聽到號叫聲。

是狼號嗎？

我爬下床，摸到窗邊。窗下的雪在月光映照下璀燦生輝，幾乎與白天時一樣明亮。

灌木叢在微風中顫動，山風又送來另一記駭人的長號聲。

我望著山區，卻只看得到黑暗沉寂的屋舍，以及伸上山頂的蜿蜒小路。

我整個身體都在發麻，我知道自己是睡不著了，這小小的閣樓冷得要命，空氣又悶又溼。

我決定去散個步。

也許有助於我放鬆，我這麼告訴自己。

我套上牛仔褲和運動衫，然後躡手躡腳的摸下樓——以免吵醒桂塔阿姨——找到自己的外套和靴子。

我步入夜幕，靜悄悄的關上身後的前門，眼睛掃視著小小前院中晶亮的白雪。

我走到馬路上，呼出的氣化成一團團白霧。

「哇！」我喃喃的說，「哇！」

清新冷凜的空氣吹在我臉上，感覺好舒爽啊。

風停了，整個世界似乎靜止沉寂下來。

我發現這裡沒有車子，沒有喇叭聲，沒有呼嘯而過的巴士，街上也沒有路人的笑鬧聲。

只有我孤孤單單一個人。

我對自己說，整個世界都是「我的」。

一記令人毛骨悚然的號叫聲，將我從瘋狂的想像中拉回現實。

我發著抖，望向山頂。

是白狼在上頭號叫嗎？牠每晚都這麼叫嗎？

那聲音爲什麼聽起來那麼像人的聲音？

這句英文怎麼說

那聲音為什麼聽起來那麼像人的聲音？
Why did the howls sound so human?

我深深吸了口冷空氣，並且屏住氣，緩緩沿著路走去，靴子嘎吱嘎吱的壓在堅脆的雪地上。

我經過了幾間房子，然後繼續走著。

當我看到有個影子從路上滑過時，我停下腳步。

11.

我倒抽了口氣，一開始我以爲有人在跟蹤我。

可是接著才發現自己看到的是雪人的長影。那影子斜斜的映在路上，三岔枝的手臂一根揚起、一根指著側方，看來又長又邪氣。

我踩過影子穿越街道，卻又被另一個影子籠罩住。

另一個雪人，一模一樣的雪人。

雪人奇異的影子彼此交疊，我突然覺得自己好像走在一個佈滿陰森頭顱、飄動的圍巾以及細臂的黑白世界裡。

那些細枝般的手臂，全在向我致意揮舞。

怎麼會有這麼多雪人？

這句英文怎麼說

那影子斜斜的映在路上。
The shadow tilted over the road.

這村子裡的人爲什麼要把雪人全做成一種樣子？

另一聲號叫令我將眼神從雪上交疊的影子上調開，這聲長號聽起來比較近，而且很像人的聲音！

我的背脊竄起一陣寒意。

我轉過身，心想著該回家了。

我的心怦怦亂跳。

那叫聲——如此接近——眞的把我嚇到了。

我開始快步走著，一邊擺動手臂，一邊頂著強風。

可是當我看到前方車道上的疤面雪人時，我停下了腳步。

雪人對我點點頭，我驚呼一聲。

「不！」我低喊道。

它在點頭，雪人剛剛點頭了！

接著雪人的頭滾到地上，碰的一聲，裂開了。

原來是風吹的，雪把疤面雪人的頭從它身上吹落了。

我究竟在這裡做什麼啊？我自問。

現在深更半夜又天寒地凍的。

而且好詭異啊。

加上某種動物又在近處拚命狂號。

我看著無頭雪人所處的院子，那頭在身體下摔得剩下一些殘塊，但圍巾仍留在渾圓的身軀上；它在冷風中飄盪。

我又是一陣哆嗦，轉身往家裡跑。跑過雪人黑黑藍藍的陰影，靴子踩過它們招舞的手臂和帶疤的頭所映下的陰影。

每個院子都有個雪人。

成群的雪人如守夜者般的在街上一列排開。

我心想，散這個步實在太不智了。我的胸口慌得發緊，我好想現在就回家，好想趕快逃回安全的新家。

一個雪人對我揮著它的三指手臂，咧著炭黑的嘴對我歪笑，看著我跑過去。

當我匆匆忙忙的趕回家時，那首兒歌又在我心底響起……

這句英文怎麼說

它在冷風中飄盪。
It flapped in a gust of cold wind.

當雪花狂飆，
日漸西沉，
小心雪人哪，我的孩子。
小心雪人。
雪人帶來了酷寒。

我家在路的下頭出現了，我深吸一口氣，更加奮力的跑著。

自從我來到這個村子後，這首古老的童謠就一直如影隨形，它自童年隨我而來，跟著我來到了這個奇異的新家。

爲什麼我今天會突然想起它？

它究竟想告訴我什麼？

爲什麼那些文字在遺忘多年後，竟又重返我的心海？

我得找出這首童謠其餘的部分，得找到歌謠的第二段詞才行。

鬼哭般的長號像救護車的笛聲般響起，聽來彷彿就貼在我身後，我轉過身。

我轉身搜尋著路面和各個冰凍的院落。

沒有人，沒有狼，看不見半個人影。

另一記聽來極近的號叫。

是有人在跟蹤我嗎？

我用手摀住耳朵，擋住那可怕的叫聲——我拔腿飛奔，一路衝回家去。

我來到窄小的前門時，又聽到一陣令人渾身發麻的叫聲。

更近了，那聲音好近哪，我發現。

「眞的」有人在跟蹤我！

我抓住門把一轉，推了門一把。

糟了！

門沒動。

我再轉動門把。

這樣試試，那樣轉轉。

這句英文怎麼說

我把自己鎖在門外了！
I had locked myself out!

我推了門，拉了門。

門鎖住了。

我把自己鎖在門外了！

12.

又一聲恐怖的叫聲。

那麼的近。

就從我家一側傳來！

我整個身體都在發抖，恐慌得喉嚨都緊了起來。

我從前門踉蹌的退開，接著看到了窗子開了一道小縫——這是屋子這邊唯一的一扇窗。窗戶玻璃上的雪花積聚在狹窄的窗台上。

我看著窗底那一小道開口。

接著我深吸一口氣——衝到窗邊。

我抓住覆雪的木框，低吼一聲，使盡我全身的力量往上一推。

這句英文怎麼說

我看著窗底那一小道開口。
I stared at the tiny opening at the window bottom.

我驚訝的發現，窗子竟然輕易的滑上去了。

我把窗子推到底，然後抓住窗台攀了上去，攀著攀著，自夜空中又傳來一聲號叫。

好近哪。

又近又令人發毛。

我先將頭探進屋裡，連手帶腳的重重跌落在木頭地板上。

我喘著氣，匆匆忙忙的站起來抓住窗子關上。

接著我站起來靠在牆上側耳傾聽，等著讓自己喘過氣來。

我有沒有吵醒桂塔阿姨？

沒有。

屋裡仍是一片漆黑寂靜。

唯一聽得到的聲音，是我自己急促的喘息。

又一聲號叫，這回變遠了。

難道被人跟蹤只是我自己的幻想？

那可怕的叫聲只是風從山頂傳送下來的而已？

我一邊重重的喘氣，一邊從牆邊走開，慢慢穿過黑暗，朝著後邊堆放所有包裝箱的小房間走去。

我的書還裝在其中一個紙箱裡。

我很確定我把媽媽以前唸給我聽的舊詩集打包起來了。

白色的月光從窗口洩進來，照在後牆上，我在箱子堆的最上面找到了裝書的箱子，將它拖到地板上。

我顫抖著手掙扎的撕開厚厚的膠帶，打開箱子。

我告訴自己，我一定得找到那首詩。

我非唸唸那首童謠的第二段不可。

我奮力將紙箱扯開，並將裡頭的書拿出來。箱子上層擺了不少平裝書，我在平裝書下找到以前學校用的一些教科書及文選集。

當我把這些書抽出來，小心翼翼的堆放在地上時，我聽到一聲咳嗽。

接著是腳步聲。

這句英文怎麼說

一個陌生的聲音憤憤的低聲說。
A strange voice demanded in a raspy whisper.

屋裡還有別人！

「桂塔阿姨，是妳嗎？」我喊道。

可是回話的聲音不是桂塔阿姨的。

「妳在做什麼？」一個陌生的聲音憤憤的低聲說。

13.

天花板的燈一下子亮了。

我眨眨眼。

重重的吞著口水。

然後抬眼看著桂塔阿姨。

「妳嚇死我了，賈西琳！」阿姨啞聲說。

我跳起來，「妳才差點把我嚇死了呢！」我回答，等著自己的心跳恢復正常。

「妳的聲音怎麼啦？」

桂塔阿姨揉著蒼白的喉頭說：「我聲音啞了。」她粗聲說道，「喉嚨痛死了，一定是冷天害的，我還沒適應這裡的寒冷天候。」

這句英文怎麼說

天花板的燈一下子亮了。
The ceiling light flashed on.

阿姨的白髮直直的垂散在身後，她把頭髮從法蘭絨的睡衣領口拉出來，用手將糾結的髮絲理順。

「妳在做什麼，賈西琳？三更半夜的，幹嘛跑下來這裡？」阿姨粗啞著嗓子問道。

「那首舊詩啦，」我回答，「我想找到那首歌謠，因爲我想不起第二段，我……」

「我們明天再把書拆封。」阿姨打斷我的話，她打著呵欠，「我好累，而且喉嚨痛得要命，我們去睡吧。」

阿姨看起來突然變得好小好脆弱。

「對不起，」我跟在她後邊說，「我不是故意要吵醒妳的，我睡不著，所以……」

阿姨看到我丟在客廳椅子上的皮大衣，「妳剛出去啦？」她大叫著轉身看著我，臉上充滿警戒。

「嗯……是啦。」我承認，「我想散個步也許可以……」

「妳不該在半夜跑出去的。」阿姨罵道，她揉著疼痛的喉頭，瞇著眼看我。

「對不起。」我喃喃的說，「反正也沒什麼大不了嘛，晚上出去有那麼可怕嗎？」

阿姨遲疑了一下，咬著下唇，每次她一有心事都會這樣。「只是怕妳遇到危險而已。」她終於低聲說，「萬一妳掉進雪堆裡或出個什麼事呢？萬一妳摔斷腿呢？外面可沒人能救妳。」

「我會滾回家的！」我開玩笑的說，還笑了幾聲，但阿姨沒理我。

我覺得阿姨還有別的心事，她不是在擔心我跌倒，而是在擔心其他事情。

但阿姨不想說出來。

那跟動物的號叫聲有關嗎？

是跟康洛德警告我的山頂上的雪人有關嗎？桂塔阿姨說那雪人的事只是村人的迷信而已？

我打了個呵欠，終於覺得想睡了，我睏到沒力氣去想這些事了。

我用手環住阿姨瘦削的房膀，陪她走過大廳到她房裡。「不好意思把妳給吵

這句英文怎麼說

睏到沒力氣去想這些事了。
Too sleepy to think any more about these questions.

醒了。」我低聲說，然後道過晚安，爬上梯子來到閣樓的房間。

我打著呵欠脫下牛仔褲和運動衫，並把衣褲丟在地上，跳上床把被子拉到下巴。

朦朧的月光從房間盡頭的圓窗照射進來，我閉上眼，外面沒有叫聲了，一點聲音都沒有。

我把頭埋進鬆軟的枕頭裡，這張新床感覺還是很硬，可是我已經累到懶得管了。我正要睡著時，卻聽到一陣陣低語飄進房裡……

「小心雪人哪，賈西琳……小心雪人……」

14.

我倒抽了口氣坐起來。

「呃？是誰？」我緊張的問。

我望著房間另一頭的窗子，房間中那些陌生的家具在白色的月光映照下，泛著邪邪的銀光。

「小心雪人……」那低語重述道：「賈西琳，小心，小心雪人。」

「你是誰？」我大叫，「你怎麼會知道我的名字？」

我坐在陌生的床上，將被子一端緊抓在手裡，捏得死緊。

我豎著耳朵聆聽。

沒聲音了。

這句英文怎麼說

我倒抽了口氣坐起來。
I sat straight up with a gasp.

「你到底是誰？」我的驚叫聲又細又尖。

一片沉寂。

「你到底是誰啊？」

靜默無聲。

我不知道自己坐在那裡等了多久，一會兒之後，我畢竟還是迷迷糊糊的睡著了。

第二天早上我把聽到的警告告訴桂塔阿姨。

她啜著咖啡，沒有回答。

接著阿姨將手伸過桌子，握緊我的手說：「我昨天晚上也做了惡夢。」因爲喉嚨痛，阿姨的聲音還是非常沙啞。

「夢？」我說，「妳覺得那是夢嗎？」

桂塔阿姨點點頭，又喝了一大口咖啡，「當然了。」她啞聲說。

一整天我都在幫阿姨拆紙箱，安置我們的新家，我搜遍每個紙箱，卻怎麼也找不到那本詩集。

我不知道我們從芝加哥公寓搬來這麼多東西。這麼小的房子，眞的很難幫所有東西找到擺放的地方。

我們工作時，我一直想著蘿蘭達。她答應我晚餐後在村裡的小教堂跟我碰面，她說今晚會把雪人的眞相告訴我。

眞相……

我想到她弟弟阿里站在覆雪的車道上，看著蘿蘭達和我時害怕的表情；我也記得自己告訴他們說要去山頂時，他們姊弟倆有多麼惶恐。

這個村子四處瀰漫著恐懼，全是因爲那愚蠢的迷信嗎？

我把飯後的碗盤清洗擦乾後，穿上皮大衣和靴子，準備去跟蘿蘭達碰面。我跟桂塔阿姨老實表示要去見村裡一個散步時認識的、年紀跟我相仿的女孩。

「雪下得很大啊，」桂塔阿姨啞著嗓子說，「別在外面待太晚，賈西琳。」

我答應九點前回家，然後戴上帽子，穿上手套，走到外頭去了。

這裡「每天」都下雪嗎？我搖著頭問自己。

這句英文怎麼說

別在外面待太晚。
Don't stay out late.

我向來喜歡雪，可是這雪也下得太多了吧！

雪下得很大，大片大片的在強風中下著。

我低著頭緩步沿路走向教堂。雪花打在我的臉上，刺痛我的眼睛，我幾乎看不見。

好大的風雪啊！不知道蘿蘭達會不會赴約。

小小的石造教堂在郵局對面，離我家並不遠，可是走在大雪中，感覺竟有幾里路之遙。我繼續低著頭，踩到一堆深深的積雪中，冰冷的雪掉進我靴子裡，襪子都被打溼了。

「哦！」我冷得叫出聲來，「冷死人了！」我大叫。

街上四下無人，沒人聽到我的叫聲，路上空盪盪的，世界像靜止了似的。我經過一間燈火通明的小屋子，卻不見裡頭有人。

雪吹在我的臉上、外套上，彷彿想將我推回去，似乎想要我回頭。

「太誇張了。」我喃喃的說，「這太誇張了，蘿蘭達今晚一定不會赴約的。」

我斜眼瞄著昏暗的夜空，看見教堂的尖塔，尖塔都被白雪覆蓋了。「但願教

堂是開著的。」我大聲說。

我低著頭跑過馬路——接著撞到一個又硬又冰的東西。

那東西用惡毒的黑眼睛怒視著我。

接著我開始放聲尖叫。

這句英文怎麼說

尖叫聲卡在我喉嚨裡。
My scream caught in my throat.

15.

一會兒之後，有人用手把我拉開。

有個聲音喊道：「賈西琳——妳怎麼啦？」

尖叫聲卡在我喉嚨裡，我七手八腳的向後退開，靴子在溼滑的雪中滑來滑去的。

我轉頭看見蘿蘭達拉著我的外衣袖子。「我剛才看妳一頭撞在雪人身上，」她說，「妳幹嘛尖叫？」

「我……我……」我結巴半天，斜眼順著飄雪望向雪人，看著它黑色的眼睛及圓臉上的長疤。「我……我只是一時慌張。」我支吾的說。

我暗罵自己蠢。我悶悶的想，這下子蘿蘭達一定以爲我是個豬頭。

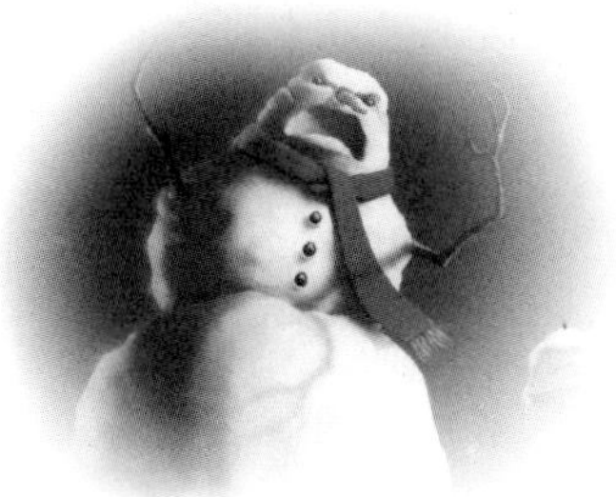

我到底哪裡不對勁啊？不過是撞到雪人而已，卻叫得像見了鬼一樣！

「教堂前爲什麼會有人做這種雪人？」我問。

蘿蘭達沒回答，她用黑色的眼睛看著我問：「妳還好吧？」

我點點頭，「還好，沒事，我們別站在雪地裡吧。」

我又看了那邪氣的雪人最後一眼，然後跟著蘿蘭達來到小教堂一邊的木門旁，我們走進裡頭，在草墊子上跺了跺腳，把靴子上的雪抖淨。

「這個地方的雪從來都不停的嗎？」我嘀咕，一邊脫下連帽，解開大衣拉鍊。

「當然會停啦，有一次停了十分鐘呢，我們大夥兒全跟著放暑假！」蘿蘭達開玩笑的說；她將長長的黑髮甩出來。

我四下望了望，我們好像是在等候室裡，後邊牆上靠著一張長板凳，板凳邊的牆上吊著兩盞像老式瓦斯燈的燈，發出微柔的光。

我們把外套放在板凳邊，然後坐下來。我搓著手讓手暖些，我的臉頰在發燙。

「這裡好暖和好舒服哦。」蘿蘭達低聲的說，「牧師把溫度調得很高，他不喜歡冷天。」

這句英文怎麼說

我得靠過去才聽得見她說話。
I had to lean closer to hear her.

「誰？」我悄聲問道，一邊揉著耳朵，想讓耳朵恢復點知覺。

「這地方很安靜，很適合談話。」蘿蘭達繼續說道，「尤其是談那些……有點恐怖的事。」

「恐怖？」我說。

蘿蘭達掃視了這間漆著白牆的小房間，突然顯得十分焦躁不安。

「妳阿姨跟妳提過任何跟這村子有關的事嗎？」蘿蘭達壓低聲音問，「任何跟這村子歷史有關的事？」

我得靠過去才聽得見她說話，她的聲音實在太輕了。

蘿蘭達幹嘛那麼緊張？我實在不懂，整間教堂裡只有我們兩個而已啊。

「沒有，」我答道，「一個字都沒提到，我想桂塔阿姨對村裡的事應該知道得不多吧。」

「那妳們爲什麼搬來這裡？」蘿蘭達問。

我聳聳肩，「我也不知道，桂塔阿姨從來沒解釋過，她只說我們該離開芝加哥了。」

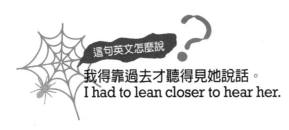

蘿蘭達緊張的傾過身，把臉湊到我面前。「我告訴妳吧，」她悄悄的說：「這村子的歷史非常的奇怪，人們都不太去談。」

「爲什麼？」我打斷她問道。

「因爲太可怕了！」蘿蘭達回答，「我弟弟阿里就一直很害怕，所以我才會到教堂跟妳碰面，阿里不喜歡我談這個，不喜歡我談雪人的事。」

「雪人？」我問，並急切的看著蘿蘭達，「跟雪人有什麼關係？」

這句英文怎麼說

蘿蘭達挪了挪身子。
Rolonda shifted her weight.

16.

蘿蘭達挪了挪身子，木板凳在我們身下唧唧嘎嘎的響著。她深深的吸了一口氣後，開始講述。

「很多年前，村子裡住了一男一女兩名巫師，大家都知道他們是巫師，但是都沒有人去打擾他們。」

「他們是壞巫師嗎？」我打斷她的話問道。

蘿蘭達搖搖頭，「不，我想他們並不壞，至少我想他們無意使壞。」她又四下看了看房間，我靠坐在板凳上，不耐煩的等著她繼續往下說。

「有一天，兩個巫師在鬧著玩，他們對一個雪人施咒，結果雪人便活過來了。」

我驚呼道：「眞的嗎？」

蘿蘭達瞇著眼看我，「拜託妳別打岔好不好，賈西琳。讓我先把整件事說完嘛。」

我趕忙道歉。

蘿蘭達貼近我，繼續小聲說著她的故事。

「巫師用魔法使雪人有了生命，可是後來卻無法控制雪人。

「雪人很強，而且很邪惡。巫師賜給它生命，但他們不太知道自己在做什麼，而且他們不知道雪人會想要毀掉村莊及所有的村人。

「兩名巫師試著用魔法讓雪人恢復原狀，可是他們的魔法卻不夠強。

「村人齊聚一起商討對策。總之，他們想了個辦法把雪人逼到山頂上去了。

「山頂上有個大洞穴，洞穴就鑿在冰裡，大家都稱它冰穴。

「村人把邪惡的雪人趕進冰穴裡。由於知道山頂上住了這麼一個可怕的雪人，願意留下來的人便少之又少了。」

「因此大部分的人都搬離村子了。」蘿蘭達接著說，她的聲音很低，我幾乎

這句英文怎麼說

我們不知道他到底是瘋子還是壞人。
We don’t know if he’s crazy or evil.

快聽不到了，「兩名巫師大概也離開了，沒有人知道他們後來怎麼樣了。」

「康洛德是到這時才出現的。」蘿蘭達說。

我瞪著她，「康洛德？就是那個留著白鬍子的怪叔叔嗎？」

蘿蘭達點點頭，「壞雪人被趕到冰穴裡後，康洛德便搬到山上去了。他在冰穴下蓋了間小屋，沒有人清楚他爲什麼這麼做。」

「康洛德是想保護村莊嗎？」蘿蘭達說，「他是爲雪人工作的嗎？是在幫雪人的忙嗎？或者他覺得跟壞雪人住近一點能保護自己的安全？這些都沒人知道。康洛德絕少從山頂下來，就算他到村子裡，也不跟任何人說話。」

「沒有人知道他是誰、還有他爲什麼要住在那裡。」蘿蘭達接著表示，「大家都不跟康洛德來往，我們不知道他到底是瘋子還是壞人。」

蘿蘭達嘆了口氣，眼神再度四下探著房間。她好像非常緊張，似乎不想讓任何人知道她在跟我說這村子的歷史。

「有些夜裡，我們可以聽到山頂雪人的叫聲，有些夜晚我們可以聽到它的怒吼，有些夜晚，則聽見它像狼一樣的狂號。我們全都做雪人，做長得跟它一樣的雪人，村裡每個人都做雪人。」

我跳起來大叫說：「難怪我到處都看得到那些詭異的雪人！」

蘿蘭達豎起手指壓著唇，示意要我坐回去。

我坐回板凳上，「你們爲什麼要做雪人？」我問，「爲什麼每戶人家院子裡都有個雪人？」

「好向它致敬。」蘿蘭達答道。

「啊？致敬？」我大叫。

「妳懂我的意思嘛，」她不耐煩的說，「人們希望萬一壞雪人從冰穴裡下來，會看到那些長得像它的小雪人，心裡一高興，就不會作亂了。」

蘿蘭達捏著我的手，黑色的眼睛緊盯著我，「現在妳明白了嗎？」她低聲問，「現在妳明白爲什麼我們大家會那麼害怕了嗎？」

我望著她——然後大笑了起來。

這句英文怎麼說

我的聲音在小小的房間中高聲迴盪著。
My voice echoed shrilly in the small room.

17.

我實在不該笑的，可是我眞的憋不住。

我的意思是說，蘿蘭達看起來挺聰明的，應該不會相信這種事——對吧？

我覺得她在跟我開玩笑。

村裡的人大概喜歡用這種故事嚇唬新搬來的人吧。

看到蘿蘭達臉上驚愕的表情時，我不再笑了，「喂，得了吧，」我說，「妳在開玩笑對不對？」

蘿蘭達正色的搖搖頭，眼神在昏暗的燈光下閃閃發光，看起來異常嚴肅。

「妳不會眞的相信雪人會走路吧？」我的聲音在小小的房間中高聲迴盪著，「妳不會眞的相信雪人會是活的吧！」

「我相信。」蘿蘭達用低沉而顫抖的聲音答道，「這不是在開玩笑，賈西琳。我相信的，而且村裡每個人也都相信。」

我看著她，天花板在吱吱作響，也許是被屋頂上沉重的積雪壓的。我在硬實的木板凳上挪了挪身子。

「可是妳看過嗎？」我問，「妳看過雪人走路嗎？」

她眨眨眼，「嗯……沒有。」蘿蘭達坦承，「可是我在夜裡聽見它叫啊，賈西琳，我聽過它的號叫及怒吼。」

她站起來，「我才不會靠近去看它呢，太恐怖了。」她說，「我不會去冰穴的，不會有人去的。」

「可是，蘿蘭達……」我才開口便住嘴了。

蘿蘭達的下巴在顫抖，眼神裡透露著恐懼。

光是談到雪人，她就怕成這個樣子。

我想告訴她，這故事不會是真的。我想告訴她，這故事聽起來根本就是愚蠢的迷信，跟童話簡直沒兩樣。

這句英文怎麼說

是該有人告訴你了。
You had to be told.

可是我不想羞辱她。

蘿蘭達也許會是我在這裡唯一的朋友，我想。

我站起來穿上外套，然後和她一起走出教堂。

雪停了，但風從山上灌下來，吹得新雪在我們腳邊不斷旋舞。

我拉起連帽蓋住頭髮，低頭頂著風。

打死我都不會相信這種荒謬的故事。我心想，蘿蘭達爲什麼會看不清這種說法有多荒誕呢？

我們走到路上，靴子陷在鬆軟的新雪裡。我們兩人沒有交談，因爲聲音無法蓋過呼嘯的風聲。

我送蘿蘭達回家，在她家的車道上停下來。「謝謝妳告訴我雪人的故事。」我說。

她看著我，嚴肅的表示：「是該有人告訴妳了。」然後她又加上一句，「妳一定得相信我的話，賈西琳。那是眞的，全都是眞的。」

我沒答腔。

我道了晚安，然後轉身逆著風朝自家門口走去。

聽到狂風中的那個聲音時，我已經都快到家了。

一陣陣沉重的碰碰聲快速的追到我身後。

這句英文怎麼說？

有那麼一會兒，我還以為是自己在幻想。
For a moment, I thought it was my imagination.

18.

我僵在當場。

有那麼一會兒，我還以為是自己在幻想。

我想到一個巨如房屋的邪惡雪人朝我逼近。

「糟了！」我嘀咕，接著快速轉過身，卻看到蘿蘭達的弟弟阿里朝我跑過來。

他沉重的靴子在雪中碰碰的踩著，身上的羊皮外套敞開著，隨著跑步而翻動。

「阿里——很晚了。」我大喊，「你這麼晚跑出來做什麼？」

阿里沒回答。他氣喘吁吁的，胸口在毛衣下劇烈的起伏；他用狐疑的眼神瞅著我。

「她跟妳說了……對不對？」阿里上氣不接下氣的問。

「呃？」我們挪到一棵大樹下，以便擋風。

「阿里……你怎麼啦？」我問。

「蘿蘭達告訴妳了，對不對？」他又問了一遍，「她跟妳說雪人的事了。」

他指著山頂說。

「嗯……是啦。」我答道。

一堆雪從樹上落在我的外套上，我將雪撥掉。

「阿里，你有毛病啊，外頭凍死了！快把外套拉鍊拉好。」我罵他。

「蘿蘭達不知道一件事。」阿里依然重重的喘著氣繼續說，「她不知道我看過它。我看過雪人。」

我瞪著他。「你看過雪人？你看過活的雪人？」

阿里點點頭，「沒錯，我見過它，但可怕的不是這件事。」

「阿里……那可怕的是什麼事？」我問。

這句英文怎麼說

阿里……那可怕的是什麼事？
Eli—what is the scary part?

19.

阿里瞪著我，風吹著他深色的頭髮，但他的眼神依然定定的看著。

「可怕的是什麼？」我又問。

「可怕的是，」阿里答道，「可怕的是雪人看見了我！」

風在樹的周圍呼號，我把阿里拖到最近的一棟房子側邊，兩個人貼在牆上，全身發抖的阿里終於把外套拉上了。

「阿里……那故事很荒唐啊。」我堅持說，「我眞的不認爲……」

「讓我告訴妳發生了什麼事吧，」阿里求我說，「然後妳再決定這故事荒不荒唐。」

他又抖了起來。「它看到我了，賈西琳，雪人瞪著我，它看見我了，它知道

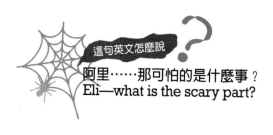

我是誰、知道我瞧見它了，所以我才會這麼怕它。」

「可是，阿里……」我說。

他舉起戴著手套的手示意要我別說話。「等一等，拜託妳。」他深深吸了一口氣。「事情發生在幾個星期之前，我的兩個朋友和我——我們爬到山上去了，我們想看看冰穴，所以就偷偷繞過康洛德的小屋。」

「我不明白，」我說，「康洛德跟這件事有什麼關係？」

「他不肯讓任何人接近冰穴。」阿里答道，「他把所有人趕開，康洛德很奇怪，有的人覺得他是幫雪人工作的，他把所有靠近的村人趕跑好保護雪人。」

「不過你們躲過康洛德了？」我問。

阿里點點頭，「是的，我朋友和我躲過他了，我們爬到冰穴的附近，我從來沒看過冰穴。」

「冰穴長什麼樣子？」我問。

阿里兩手一揮，比出冰穴的形狀給我看。「是個很大的洞穴，就鑿在山壁上。」他說，「那洞是冰做成的，又光又亮，看起來跟玻璃一樣。」

這句英文怎麼說

他舉起戴著手套的手示意要我別說話。
He raised a gloved hand to silence me.

「冰穴的入口很寬，裡頭一片漆黑。洞口垂著許多像刀一樣又尖又利的大冰柱。」

「哇！」我喃喃的說，「聽起來滿美的。」

「是啊，可以這麼說。」阿里同意道。「可是當雪人出來時，我們並不覺得那洞穴漂亮。」

我死盯著阿里，打量他的臉。「你眞的看過雪人走路嗎？」我問。

阿里點點頭，「我們聽到一陣隆隆聲，大地開始震動，我朋友和我開始害怕起來，我們以爲是地震或雪崩什麼的。」

「我朋友開始跑下山，不過我留下來了，然後我就看見它了。雪人把頭探出冰穴，它跟灰熊一樣大，而且臉上還有一道大疤。」

「它四下搜尋，然後眼神落在我身上，它張開嘴，怒吼一聲，它……它……」

阿里用力吸著氣，然後繼續說：「雪人走出洞外，地都在震動，眞的，到處都颳著雪。」

「雪人瞪著我，然後又吼了起來，然後……然後我就跑了。」阿里繼續上氣不接下氣的說，「我跑過康洛德的小屋，一路衝下山，而且再也不敢回頭看。」

「你的朋友呢？」我問。

「他們在山腳下等我。」阿里回答，「我們直接各自回家，從此絕口不談這件事。」

「爲什麼不談？」我問。

「大概是太可怕了吧。」阿里看著腳下說，「我們從來沒談過這件事，連提都不提。我甚至沒告訴蘿蘭達，談起來太恐怖了。」他抬眼看著我，「可是現在我開始做夢了。」他承認，「有關雪人的惡夢，每天晚上都做。」

我看著他，不確定該說些什麼。阿里渾身都在發抖，是因爲冷嗎？還是因爲恐懼？

他回頭望著我，等我說話。

「阿里，你沒跟蘿蘭達講這件事，那爲什麼要對我說？」我問。

「這樣妳才會相信哪。」他認眞的回答，「妳是新來的，賈西琳，也許妳覺得這很蠢，可是妳千萬別接近冰穴。」

這句英文怎麼說

談起來太恐怖了。
It was just too frightening to talk about.

「可是，阿里……」我開口。

「妳不相信蘿蘭達的話，對吧！」他指責我說，「妳根本不相信她說的話。」

「嗯……」我支吾起來。

「所以我才會在這裡等妳，」他解釋說，「我想把我的遭遇告訴妳，妳相信我嗎，賈西琳？妳相信我曾看過雪人嗎？」

「我……我不知道。」我告訴他。

風在房屋牆上捲吹著，我摸摸自己的鼻子和臉頰，我整張臉都麻了。「我得回家了。」我說。

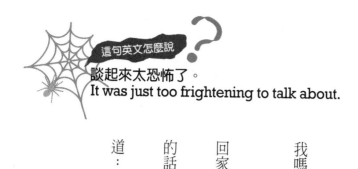

阿里抓著我的外衣袖子，「賈西琳，別去冰穴！」他請求說，「請妳相信我的話，那都是真的。」

我將手抽回來，然後開始躍過雪堆朝回家的路走，「回去啦，阿里。」我喊道：「趁還沒凍僵之前，快回家吧。」

我一路慢慢的跑回家，專心的跑步，不去想任何事情，眞令人愉快。

在鬆軟的初雪上慢跑實在不是一件容易的事，我的靴子一直在堅滑的地面滑動，等我抵達家門時，腿都開始發疼了。

我重重喘著氣推開前門，卻驚訝的發現屋子裡一片漆黑。

我脫掉一隻手套，看看手錶，才九點鐘啊。

桂塔阿姨這麼早上床嗎？她通常至少都會熬到十二點才睡覺的。

我點亮天花板的燈，看看小小的客廳，沙發上有一本攤開的雜誌，其他東西全擺在原來的位置。

我靠在前門，脫下溼掉的靴子擺到角落裡，然後脫掉皮大衣扔在沙發上。

我的眼神落在桂塔阿姨的臥房門上。

門是開的，裡面黑鴉鴉的一片。

我很快走過房間，朝阿姨的臥房窺望。「桂塔阿姨？」我輕聲喊道。

沒人回答。

我走進房中，「桂塔阿姨？妳在裡面嗎？」

我摸了摸她梳妝台上的燈，終於把燈點亮了。

「桂塔阿姨——？」

這句英文怎麼說

我踩到東西，忍不住叫出聲來。
I cried out when I stepped in something.

沒有，她不在床上，不在房間裡。

「桂塔阿姨……妳在家嗎？」我大聲喊著。

我走出她房間。「唉呀！」我踩到東西，忍不住叫出聲來。

有個溼冷的東西浸透了我的襪子。

「呃？」我低頭一看，看到臥室地板上有一大灘冰水。

「裡頭怎麼會有水？」我嘀咕。

我突然擔心了起來。

「桂塔阿姨？」我邊叫著邊匆匆趕回客廳，「桂塔阿姨？妳在哪裡？」

20.

一股恐懼襲來。

阿姨會跑哪兒去呢？

我往廚房走，卻聽到前門一陣亂響，於是便停下腳步。

有人闖進來了嗎？

我驚喘著看著門緩緩打開。

接著桂塔阿姨衝了進來，她將黑色長外套上的雪拍開，衝著我微微一笑。但是當她看到我的表情時，笑意便立即消失了。

「賈西琳……妳怎麼啦？」

「我……我……我……」我結巴了半天，「桂塔阿姨……妳剛才跑哪兒去

這句英文怎麼說

一股恐懼襲來。
Panic swept over me.

了？我怕死了。」

阿姨脫下外套，「妳沒看見我留的字條嗎？」

「什麼？字條？」

「我貼在冰箱上啊，」她說，「今天早上我在雜貨店遇到一對夫妻，他們人很好，還過來邀請我到他們那兒喝咖啡吃點心呢。」

「噢，那不錯嘛。」我輕聲說，心還在咚咚亂跳。

「妳在怕什麼？」桂塔阿姨問，一邊將外套掛到衣櫃裡。她把長長的白辮子拉到毛衣後。

「我剛才在妳房裡找妳，結果我在地板上踏到一灘冰水。」我回答。

「一灘水？哪裡？」桂塔阿姨說。

我帶著她到臥室，指著地上的水漬，桂塔阿姨抬眼看著天花板，「也許是屋頂漏水了，」她喃喃的說，「我們明早得檢查一下。」

「我……我還以為是雪人。」我衝口說道：「我知道聽起來很瘋狂，不過我以為雪人來過這裡，以為是它闖進屋子裡了，而且……」

看到阿姨驚愕的表情時，我住嘴了。

阿姨張大了嘴，輕聲倒抽了口氣。「賈西琳……妳在說什麼？」她問，「妳那些朋友都跟妳說了些什麼？一堆跟雪人有關的無稽之談嗎？」

「是啊。」我坦承，「蘿蘭達和阿里，他們是我遇到的兩個村裡的小孩，他們告訴我說，有個活雪人住在山頂的冰穴裡，還說……」

「全都是迷信。」桂塔阿姨打斷我，「全是老一輩的人傳下來的老故事，沒有一樣是眞的，妳那麼聰明，應該能分辨眞假吧，賈西琳。」

「是啊。」我同意道，「可是蘿蘭達和阿里看起來好害怕，他們眞的相信雪人的故事，而且阿里還求我別去冰穴。」

「他的建議也許沒錯，」桂塔阿姨說著走過房間，用手溫柔的搭著我的肩膀，輕聲說道：「也許妳不應該跑去山頂，親愛的。」

「爲什麼不能去？」我問。

「山頂一定有什麼很危險的東西，」阿姨答說，「不是活雪人，而是其他危險的東西。」

這句英文怎麼說

那是一種奇異的村落傳統。
It's a strange village tradition.

阿姨嘆了口氣，「這些老故事就是這麼傳出來的。山頂上發生了不幸的事，接著故事每傳一次就被扭曲一次。多年之後，再也沒人記得當初究竟出了什麼事了。如今大家全都相信一個跟活雪人有關的蠢傳說了。」

阿姨搖搖頭。

「妳有沒有看到村子裡那些奇形怪狀的雪人？」我問她，「所有的雪人臉上都有道疤，還戴了紅圍巾……妳不覺得很恐怖嗎？」

「那是一種奇異的村落傳統。」桂塔阿姨承認道，「非常的奇特，我覺得那些雪人看起來挺有趣的。」

「有趣？」我對阿姨皺皺眉。

「好啦，答應我一件事。」阿姨打著呵欠說。

「什麼事？」

「答應我妳不會再跑到山頂去探索冰穴了，也許那是個很危險的地方。」

「我……」我遲疑著。

「答應我。」桂塔阿姨正色道。

「好啦，我答應就是了。」我翻著白眼表示同意。

可是幾分鐘後，我決定把自己的允諾拋到九霄雲外。

我躺在閣樓的床上，緊閉著眼睛聆聽從山頂傳來的號叫。

那是動物嗎？還是人？

我討厭謎團，我非得知道事情的眞相不可。

我決定上山頂瞧一瞧。

我才不管我答應阿姨什麼呢，我反正要去冰穴瞧個究竟。

明天就去。

我非得知道事情的真相不可。
I have to know the answers to things.

21.

那天晚上我沒夢見雪人，倒是夢見了幾十隻毛絨絨、有著湛藍眼睛的白貓咪，我從來沒看過那麼白的小貓。

牠們爬過彼此的身子，一開始是靜悄悄的，接著開始發出嘶叫，聲音聽起來又難聽又恐怖。

接著貓咪突然全在脖子上戴起紅圍巾來了。

牠們互相抓著，拱著純白的背，發出嘶嘶的尖叫。

然後我就醒了。

燦黃的晨光從臥房盡處的小圓窗射了進來，我可以聞到樓下傳來煎培根的香味，桂塔阿姨已經起來活動了。

我決定一吃完早飯就上山，我不想再掛心這件事了，我想去山頂，解開這個謎團。

我知道那個留著白鬍子的怪叔叔康洛德會是個麻煩，萬一他看見我，一定會試圖阻撓我，他和他的狼都會。

可是我想了個妙計來解決康洛德。

只要蘿蘭達和阿里肯幫忙的話……

結果，我一直到吃完午飯才出門。桂塔阿姨需要我幫她掛簾子，接下來我們又貼上了她從芝加哥帶來的畫和海報。

又小又擠的房子突然之間有了家的感覺。

「妳要去哪兒？」看到我穿上皮衣、戴上手套往外走時，桂塔阿姨問道。

「嗯……沒特別要去哪兒。」我謊稱，「只是出去跟蘿蘭達和阿里混一混而已。」

我才說到他們的名字，便看見他們來到我家前院了。

我關上前門，趕過去跟他們打招呼。阿里帶了根雪鏟，蘿蘭達拖著兩根細細

這句英文怎麼說？

我想了個妙計來解決康洛德。
I had a plan to take care of Conrad.

的樹枝，她把樹枝放在我腳前。

「這是做什麼用的？」我問，「你們兩個跑來我家做什麼？」

「我們得幫妳做雪人。」蘿蘭達嚴肅的回答。

「妳說什麼？」我大聲問。

「要是妳們家院子沒有雪人的話，妳們就不安全。」阿里說。

「聽我說，同學……」我說。

「雪很溼。」蘿蘭達表示，「很好弄，應該不必做太久，阿里和我把需要的工具全帶來了。」

「可是我沒時間做雪人哪。」我抗議說，「我今天早上想爬到冰穴看看。」

他們全倒抽了口氣，阿里緊抓著鏟子，張大嘴望著我。

「不行啦——！」阿里大叫。

「賈西琳，我警告妳……」蘿蘭達說。

「我得親自去看看！」我告訴他們，然後又加上一句，「我希望你們跟我一起去。」

「不要！」阿里驚呼道。

蘿蘭達只是搖著頭說：「妳曉得我們是不會去冰穴的，賈西琳。而且我們也不希望妳去。」

「可是如果我們大家一起去……」我力勸他們。

「不行！」他們姊弟倆齊聲大叫。

我可以看見他們驚懼的表情。

看著他們，我突然想到了一個主意。

「好啦，好啦。」我說，「我跟你們打個商量好了。」

他們懷疑的瞄著我。

「怎麼個商量法？」蘿蘭達問。

「如果你們肯幫我忙，我就留下來做雪人。」我說。

「不行，我們不會跟妳去的。」蘿蘭達堅持道，「妳不可能說動我們去冰穴的，賈西琳。」

「沒什麼好商量的。」阿里鄭重的加上一句。

這句英文怎麼說

我跟你們打個商量好了。
I'll make a deal with you.

「可是你們不必去冰穴啊，」我告訴他們，「你們只要幫忙引開康洛德的注意，讓我能繞過他就行了。」

「啊？我們怎麼引開他？」阿里靠在鏟子上問。

「等我們去那裡再想辦法吧。」我回答，「如果你們可以拉著他跟你們說話，也許我就能偷偷溜過去，爬到冰穴那裡了。」

「可是我們不希望妳去冰穴啊！」蘿蘭達堅持道。

「我反正會去。」我告訴蘿蘭達，「你們幫不幫忙我都要去，所以你們到底要不要幫我？」

他們兩人緊張的面面相覷，阿里對他姊姊低聲說了些什麼，蘿蘭達也低聲回覆他。

接著蘿蘭達轉頭看著我問：「妳會先做雪人嗎？」

「沒有雪人的話，妳會很危險的。」阿里說。

我想告訴他們，做雪人並不會對我有什麼保護作用，我想告訴他們這整件事有多麼愚不可及。

可是我需要他們的幫忙，我知道，少了這對姊弟，我永遠不可能避過康洛德和他的白狼。

「好啦，沒問題，我們先來做雪人吧。」我表示同意。

「那麼阿里跟我同意幫妳。」蘿蘭達答應了。

「不過我們就只到康洛德的小屋哦！」阿里用顫抖的聲音堅持說。

「太好了！」我答道，「我們動手吧。」

我彎下身開始滾起雪球做雪人的身體。蘿蘭達說的沒錯，這種雪很容易上手。我把雪球滾過雪積得很厚的院子，直到雪球大到得兩個人才推得動。蘿蘭達和我做身體，阿里做頭。

做那種奇怪的雪人讓我覺得毛毛的，我覺得自己好像也跟著迷信起來，跟著參與了某種古老的村落傳統——一種出於恐懼的傳統。

村裡的人全都是因爲害怕才做雪人的，現在我竟然也跟著起舞，在這邊做著雪人。

我該感到害怕嗎？我不知道。

這句英文怎麼說

我很高興雪人完成了。
I felt glad when the snowman was finished.

我很高興雪人完成了。蘿蘭達從外套口袋掏出一條紅圍巾，我們把圍巾繞到雪人的疤面下。

雪人黑色的眼睛彷彿惡狠狠的看著我，嘴巴向下彎出一抹嘲弄，手臂在空中輕輕的晃動。

「好啦，做得還不錯。」我告訴兩位新朋友。「現在我們走吧。」我指著山頂說。

「妳確定要去嗎？」阿里小聲的問。

「當然囉！」我大聲回答。

不過當我們開始沿著路走時，我又覺得有些心虛了。

那路彎向山頂，不久就看不見房舍了，接著我們穿過了覆蓋著雪的林子。

我們沒說話，只是緊盯著前方。

下午的太陽緩緩沉到樹林後面了，藍色的陰影拖在雪地上，我們越是往上爬，空氣就變得越冷。

當康洛德的矮屋子映入眼簾時，我的心臟開始狂跳。

我試著保持冷靜，可是腦中卻不斷轉著各種問題。

康洛德在屋子裡嗎？

白狼呢？

我的計劃能成功嗎？

22.

這句英文怎麼說

這招沒有用的啦。
This isn't going to work.

我們三個人全停在路的盡頭，看著前面的小屋。午后的太陽已經落到樹林後面了，淡灰色的雪在我們眼前翻騰。

我看見小屋左邊有一排排被雪覆蓋的低矮灌木。

「我躲到那些矮樹叢後面，」我告訴蘿蘭達和阿里，「你們兩個跑到小屋前，別讓康洛德和白狼看到我。」

「這招沒有用的啦。」阿里盯著小屋咕噥說。

「天色變暗了。」蘿蘭達焦急的說，「也許我們應該早上再過來。」

「也許我們應該當做沒這回事。」阿里建議。

我看到他的下巴在發抖，全身打顫。

「喂——你們答應我的！」我叫道，「君子一言，駟馬難追，對吧！」

他們沒回答，只是望穿灰雪，看著前方陰暗的小屋。

「我都走這麼遠來了，我才不回去呢！」我憤憤的說，「你們到底幫不幫我？」

我聽到小屋裡傳來一聲低吼，忍不住倒抽一口冷氣。白狼一定聽到或聞到我們的氣味了。

我知道白狼隨時會跑出來。

「走吧！」我低聲催促，然後衝出蓋著雪的灌木叢。

當康洛德和白狼衝出小屋時，我恰好彎下身子避開了他們的視線。

「哈囉！」蘿蘭達對康洛德大喊。

「嗨！」阿里跟著喊道。

我看到蘿蘭達和阿里跑向康洛德。

白狼低著頭，小心翼翼的看著他們。

蘿蘭達和阿里兩個人同時跟康洛德聊了起來。

我聽不見他們說什麼。

這句英文怎麼說

該我行動了。
Time for me to move.

他們絆住他了！我告訴自己。我的心頭怦怦亂跳。他們在分散康洛德的注意力了。

現在該我了。

該我行動了。

我可以聽見蘿蘭達和康洛德談話的聲音，我從樹叢頂端瞄過去，白狼正背對著我。

康洛德搔著他的灰髮，聽蘿蘭達說話。我看不見他的表情，不過我想他大概是又驚訝又困惑吧。我知道他從來沒有訪客。康洛德一定在想，蘿蘭達和阿里跑到這兒做什麼啊！

我強迫自己拋開這些思緒。

該是我採取行動的時候了。

我深深吸了一口氣。

然後伏著身子開始跑起來。

我的腿像軟糖一樣，靴子深陷在雪裡。

我縮著頭，朝陡峭的山腰飛奔而去。

爬啊爬。

就在我剛剛越過樹叢時，卻聽見康洛德怒吼一聲——

「喂，等一下！」

這句英文怎麼說

我站起來轉身面對康洛德。
I stood up and turned to face Conrad.

23.

我因爲收腳收得太突然，整個人往後倒去！

我重重摔在地上，雪花飄在我臉上，在上面盤舞，所有東西全變成白色的了。

我被逮住了。

計劃泡湯了。

我站起來轉身面對康洛德。

卻驚訝的發現他並沒有追過來。康洛德和白狼正在往山下跑，追蘿蘭達和阿里去了。

我聽到白狼高叫一聲，然後他們便在一個轉彎處消失了。

我僵著身子愣在原地，望著他們剛才站的地方。

康洛德會傷害蘿蘭達和阿里嗎？

我該不該追過去幫他們？

不行，我得繼續前進。

這才是我們的計劃，這也正是我的機會。

我又吸了一大口氣，轉身衝上山腰。有一段路非常陡峭，害我不確定自己能不能爬得上去。

不過接著地就變平了，我發現自己來到一片寬平的壁架上，壁架很滑，我的靴子在冰上滑來滑去。

我將背貼住山壁。

往上瞄著冰穴。

是了！冰穴就在我上方，那山洞跟樓房一樣高，平滑而光亮的映著天際的雲影。

我從這邊無法看到入口，只能看到洞穴的一側。

壁架朝冰穴彎上去時變窄了。

這句英文怎麼說

我得繼續前進。
I had to keep going.

我繼續緊靠著山壁，緩緩的一吋吋朝山頂挪動。

「別往下看！」我大聲對自己說。可是我話一出口，就沒辦法不看了。

從壁架到深遠的下方，摔下去可不得了。

萬一我打滑掉下去……我才不會打滑掉下去呢！我告訴自己。

一聲低沉的轟隆聲嚇得我跳了起來！我用兩手緊攀住山腰，以免跌下去。

我腳下的壁架在震動。

另一聲低吼。

我害怕得叫出聲來。

壁架又搖起來了，整座山似乎都在搖撼！

那聲音是從洞穴裡傳出來的。

是不是有東西朝那邊走？我心想。還是山頂的風都會發出這種聲音？

我鼓足勇氣向前慢慢移動。

我都已經走到這裡了，絕不會在這時打退堂鼓的。

彎過去的壁架變得更窄、更滑了。

另一聲轟隆聲害得我驚喘不已。但我還是勉力撐住，循著壁架繞過去。

我似乎走了一世紀之久，接著冰穴的入口便出現了。

接下來，我便看到這輩子所見過最恐怖的景象了。

這句英文怎麼說

我並沒有等很久。
I didn't have to wait long.

24.

一開始我沒瞧見。

我只看到了覆在壁架上的硬實冰層，玻璃般的洞穴就聳立在壁架後，洞穴的入口比暗夜還黑。

我站著注視那片黑暗，想要喘口氣，讓自己的心跳緩和一些。

冰上照映的雲朵快速的飄向右邊，看起來倒像是洞穴在移動。

尖利的冰柱從洞口頂端向下垂掛，令我想起即將要閉闔的利齒。

我看著漆黑的洞口並且等待著，等著看看會不會有東西出現。

我並沒有等很久。

一陣巨如雷響的轟隆聲震得壁架搖搖顫顫。

我怕自己打滑，於是跪了下來。

那轟隆聲越來越響了。

接著一個高大的白影子從漆黑的洞口走了出來，那是個巨大的雪人！

我驚喘一聲——並恐懼的看著雪人朝我走來。

「慘了！」我哀叫。

我忘了自己置身何處，忘了自己跪在窄小的冰架上。

我開始往後退，想躲開那巨大的雪人。

接著我一打滑，便從壁架上滑開了。

我感覺到自己在往下墜落。

這句英文怎麼說

我怕自己打滑，於是跪了下來。
Afraid I might slip off, I dropped to my knees.

25.

我手一伸。

抓住壁架。

我緊攀著冰架，拚命抓牢。

我害怕而狼狽的邊叫邊爬回去。

全身抖得跟秋葉一樣，呼吸又淺又狂亂。

我跪縮在冰架上看著雪人怒目瞪視著我，它血紅色的圍巾在風中飄動，黑圓的眼睛大如牛眼，一張黑色的嘴向下彎出凶暴憤怒的冷笑。

還有那道疤。

那道彎長的疤深深的刻進它的圓臉邊，像條黑蛇一樣。

「啊——」當雪人將枝臂伸向我時，我又發出一聲慘叫。

突來的刺寒凍得我全身發顫，我從來沒有那麼冷過，我可以看見雪人寬闊的身體上飄著一波波的寒氣。

接著雪人又大又圓的頭顱一歪，黑色的眼睛睜得更大了。

雪人用低沉宏亮的聲音吼道：「妳是誰？」

它身上的寒氣凍得我冷顫連連。

雪人竟然會說話！

蘿蘭達和阿里告訴我的事是眞的。

全都是眞的。

雪人的圓眼緊盯著我，巨大的雪人越逼越近、越逼越近。

我想站起來，想拔腿逃走。

可是它卻令我僵在那裡。

我無法站起來。

無法後退，無法從它身邊逃開。

這句英文怎麼說

可是它卻令我僵在那裡。
But it had me frozen there.

「妳是誰？」雪人再次吼道，整座山都在震動。

「我……我……」我的聲音又細又抖。

「求求你……」我終於勉強擠出一句話來，「求求你……我不是故意要打擾你的，我……」

「妳是誰？」巨大的雪人第三次吼道。

「你是問我的名字嗎？」我尖聲問，「我叫賈西琳，賈西琳．迪佛斯。」

雪人高舉起手，黑色的嘴驚訝的大開著。

「再說一遍。」雪人喝令道。

我在寒氣中顫抖不已，「賈西琳．迪佛斯。」我用微弱驚惶的聲音又說了一次。

雪人默默低頭俯視我良久，然後將手臂垂在圓白的身軀旁。

「妳知道我是誰嗎？」雪人問。

我用力嚥著口水，完全沒料到雪人會這麼問。

我張嘴想回答，卻發不出聲音。

「妳知道我是誰嗎？」雪人大聲的問。

「不知道，」我小聲的說，「你是誰？」

「我是妳爸爸！」雪人大叫。

這句英文怎麼說

我發出長長的悲號。
A long wail escaped my throat.

26.

「不——！」我發出長長的悲號。

我想從那裡逃開，想跑開，想滑下山，想飛奔離開那裡。

可是我卻動彈不得。

雪人將我封在它的寒氣裡，將我困在冰架上，用一波又一波的冷氣震攝住我。

「賈西琳——我是妳的父親啊！」雪人放低巨大的聲音重覆說著，它用那發著可怕亮光的圓眼俯視著我，「妳要相信我。」

「那……那是不可能的！」我結結巴巴的說，我抱著自己，想讓身體停止發抖。

「你是雪人，不可能是我父親！」

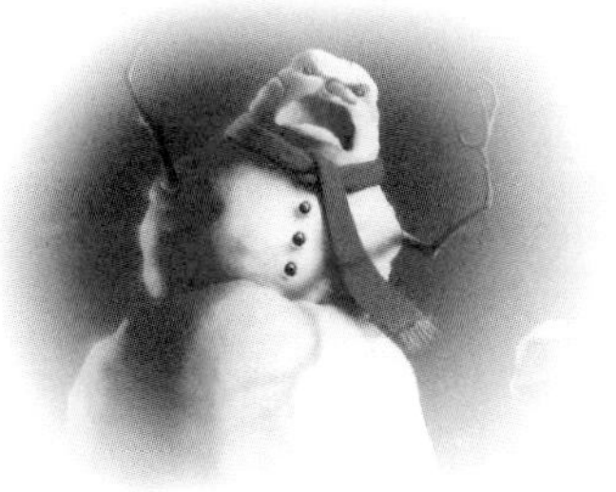

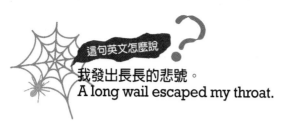

「妳聽我說！」雪人咆哮道，「我是妳爸爸，妳母親是個巫師，妳阿姨也是，妳阿姨會使各式各樣的魔法。」

「不——！」我抗辯道，雪人的謊言激發出我的勇氣，我站了起來。

「那不是眞的！」我憤怒的叫道：「我從沒看過桂塔阿姨施過任何魔法，你說謊！」

雪人左右晃著，冰架在我腳底下搖動，害我差點跌下去。

「我不會說謊的，賈西琳。」雪人堅持說。它舉著手，彷彿在懇求我，「我說的是實話。」

「可是……可是……」我氣急敗壞的說。

「妳媽媽對我施了咒，」雪人說，「她用魔法把我變成雪人，當時妳才兩歲，她把我變成了雪人，她想把我變回來，可是卻失敗了。後來她和妳阿姨便帶著妳從村裡逃走了。」

「你的說法完全講不通嘛！」我喊道，「如果你說的是眞話，我們幹嘛又搬回這裡？桂塔阿姨爲什麼要帶我回到村裡？」

這句英文怎麼說

你阿姨有搬回來的理由。
Your aunt had a good reason for coming back.

「妳阿姨有搬回來的理由，」雪人解釋說，「她知道過了十年後，魔咒就會開始消退。」

「我、我不明白。」我舌頭打結，覺得腦袋都凍壞了，沒辦法思考。我掙扎著想從雪人的話中理出一些頭緒。

「十年後，咒語會消退。」雪人重述說，「妳阿姨是回來重新施咒的，她希望我維持雪人的模樣，想把我永遠困在這裡，她想確定我不會把自己的遭遇告訴世人，而且她想把妳據爲己有！」

「桂塔阿姨才不是什麼巫師呢！」我抗議道，「我從小跟她住在一起，從來沒看過她施魔法，她才不會……」

「拜託！」雪人說著，舉起三岔枝的手要我安靜。「沒什麼時間了，我是妳爸爸，賈西琳，我是妳眞正的爸爸，妳一定得相信我。」

「可是，我、我……」我實在不知道該說什麼，我根本沒辦法思考，這實在……實在太誇張了。

「妳可以救我。」雪人哀求說，「妳可以救我的，但是動作得快，妳桂塔阿姨會很快的重新施咒，如果妳不救我，我又得當上十年的雪人了。」

「可是我能做什麼呢？」我喊道，「我又不是巫師，又不會魔法，我能做什麼？」

「妳可以救我的。」巨大的雪人堅持說，「可是我沒辦法告訴妳該怎麼做。」它難過的嘆息說。

「如果我告訴妳怎麼救我，咒語就會變得更強。」它接著說，「妳得自己想出解救我的辦法。」

「呃？怎麼想？」我問。

「我可以給妳一點暗示。」雪人回答，「我沒辦法告訴妳怎麼救我，但是我可以給妳暗示。」

「好吧。」我輕聲說，一邊將自己擁得更緊。

我聽著雪人用低沉宏亮的聲音唸著那首熟悉的童謠：

當雪花狂飆，

這句英文怎麼說

我已經知道怎麼救它了。
I already knew how to rescue him.

日漸西沉，
小心雪人哪，我的孩子。
小心雪人。
雪人帶來了酷寒。

我驚愕的抬頭看著雪人，結結巴巴的說：「你……你知道那首詩！」

「那就是妳的線索了。」雪人輕柔的說，「那是我唯一能給妳的暗示，現在妳得自己想辦法救我了。」

我已經知道怎麼救它了。

雪人一唸那首舊歌謠，我就知道了。

第二段歌謠。

解咒的祕密一定就在第二段歌詞裡，在那段我想不起來的歌詞中。

「求求妳，賈西琳，」雪人用哀求的眼神看著我說：「求妳救救我，我是妳爸爸呀，賈西琳，我真的是妳爸爸。」

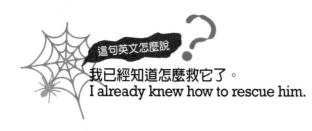

我望著雪人，天人交戰的想做出決定。

我該相信它嗎？

我該幫助它嗎？

這句英文怎麼說

我試著警告過你的。
I tried to warn you!

27.

是的，我決定了。

我要幫它，我會跑回去把那本舊詩集找出來，然後讀第二段歌詞。

「我會回來的！」我對雪人喊道，然後自它身邊轉開，讓自己脫離它的寒氣。

我開始沿著壁架跑下去，卻沒想到差點撞上桂塔阿姨，我忍不住倒抽了一口氣！

「桂塔阿姨——！」我驚呼。

「我試著警告過妳的。」她對我喊道，「我試著嚇妳，賈西琳，我試著嚇妳好讓妳別上這兒來。」

原來深夜在我房中低聲呢喃、警告我要小心雪人的是桂塔阿姨！

她的眼神看來十分狂亂，平日蒼白的臉此刻脹得通紅！長長的黑外套敞開著，在她身後隨風飛舞。

阿姨用手將一本黑色的大書高舉在頭上，「賈西琳——妳就是在找這個嗎？」她尖聲問道。

「是詩集嗎？」我大聲的問。

阿姨點點頭，將書高高舉著。

「桂塔阿姨……是真的嗎？」我回頭瞄著巨大的雪人問，「它真的是我爸爸嗎？」

阿姨的臉因驚愕而扭曲，「什麼？妳爸爸？」她大喊。「簡直胡說八道！它是這麼跟妳說的嗎？說它是妳父親？它說謊，天大的謊言！」

「不——！」雪人隆隆吼道。

我跳起來，但桂塔阿姨不理會雪人宏亮的吼聲。

「那是謊話，賈西琳。」阿姨怒視著雪人重覆說道，「它不是妳爸爸，它是個邪惡的怪獸！」

這句英文怎麼說

阿姨的臉因驚愕而扭曲。
My aunt's face twisted in surprise.

「不——！」雪人再次高吼，整個山因而搖撼。

「妳媽媽和爸爸是巫師，」桂塔阿姨不理會雪人，繼續說道：「他們日以繼夜的修煉魔法，可是他們練得太過火了，無意中創造了這個傢伙。」

桂塔阿姨指著雪人說，表情十分痛苦。「它是個邪惡的怪物，」阿姨咬牙切齒的說，「妳爸媽明白自己所犯的錯後，心裡害怕極了，他們把這怪物冰封在雪人的身體裡，不久妳父親便消失了，妳媽媽和我帶著妳逃離了村子，我們之所以逃離，是爲了躲避這邪惡的怪物！」

「妳這個騙子！」雪人怒斥道，枝臂在空中亂揮。它的圍巾像鷹翼般在身側拍飛，圓鼓鼓的身軀散放出一道道的寒氣。

「賈西琳，別信她的話！」雪人哀求說：「救我——求求妳！我是妳父親啊。」

它將手臂伸向我，哀求說：「求求妳啊！我知道妳很難相信這種事，可是妳阿姨才是壞人。她是個巫師。她、妳母親和我，我們全都是巫師。我不是惡魔、不是怪物，求求妳……」

「胡說！」桂塔阿姨尖聲罵道，她用雙手憤憤的抓緊大書，彷彿隨時準備把書擲向雪人。「我才不懂魔法！」桂塔阿姨吼道，「我不懂咒語！我才不是什麼巫師！」

她打開書，開始瘋狂的翻著書頁，「我不是巫師，我帶這本書來，是因爲我知道其中的祕密。我知道自己該怎麼做，才能永遠把你封在雪人的軀體裡！」

雪人繼續向我伸著手，「賈西琳，救我，現在就救我。」它懇求道。

我轉身看著阿姨，又回頭看看雪人。

我該相信誰啊？

哪一個人說的才是眞話？

突然間，我有了個點子。

這句英文怎麼說

哪一個人說的才是真話？
Which one was telling the truth?

28.

我從阿姨手上奪下詩集。

「妳在做什麼？」阿姨高聲問。

她火速衝上來奪書。

我們兩個拉鋸不下，舊的書頁都被撕裂隨風飄走了，厚重的書套也裂開了。

桂塔阿姨奮不顧身的一把搶下書。

不過我還是把書從她手中奪了過來，接著我退靠在穴壁上。

桂塔阿姨朝我走近一步，接著她看看雪人，決定別離它太近。

「賈西琳——妳犯了個天大的錯誤！」桂塔阿姨警告我。

我靠在光滑的冰壁上，快速的翻著舊書的書頁。「我要找到那首詩，」我告

訴阿姨，「我要讀那第二段歌詞，這是知道真相的唯一辦法。」

「謝謝妳，女兒！」雪人大聲說。

桂塔阿姨哀叫道：「我跟妳說的都是實話啊，賈西琳！」她大喊，「我照顧妳這麼多年了，我不會騙妳的。」

可是我心意已決。

我非唸那第二段不可，唯有如此，才能分辨誰在說謊、而誰說的是實話。

「它是個怪物啊！」桂塔阿姨喊道。

雪人默默駐立著，看著我飛快的翻著書。

那首童謠在哪裡？在哪裡啊？

我抬起眼。「桂塔阿姨——？」

阿姨彎下身從雪地上撿起一片撕碎的紙頁，當她看著那張紙時，臉上綻放出微笑。

阿姨的外套在身後隨風翻飛，眼神露出了狂野的光芒，那書頁在她手中抖動不已。

這句英文怎麼說

可是我心意已決。
But I'd made up my mind.

「賈西琳，我不能讓妳讀那首詩。」她說。

「它……它在妳手上嗎？」我問。

「我不能讓妳讀它！」桂塔阿姨又說了一遍。

然後便把紙頁丟出壁架外了。

29.

我尖聲大叫。

看著紙頁飛出壁架，往上飄揚，然後再開始向下墜落。

紙頁丟失了，我心想。

第二段文字永遠遺失了。

狂風將紙頁捲到山下。

捲入陡峭的山谷中。

紙頁將永遠不見天日了。

接著我再次大叫——因爲風把紙捲上來了。

紙頁飛起。

這句英文怎麼說

我不可置信的盯著它。
I stared at it in amazement.

它飛回來了。

而且飛到了我的手裡！

我在空中一把將紙抓住。

我不可置信的盯著它。

在桂塔阿姨還來不及把紙搶回去之前，我已經把紙拿到面前，開始大聲讀出第二段詩文了：

當雪融之際，
當暖陽照著你，
小心雪人——

「不——！」桂塔阿姨慘叫一聲朝我撲過來。

她奮力一掃，把紙從我手上扯過去。

然後撕成碎片。

雪人鬼吼一聲，彎下身伸手去抓桂塔阿姨。

太遲了。

碎片吹散在風雪之中了。

「桂塔阿姨……爲什麼？」我問。

「我不能讓妳這麼做，」她回答，「它是個怪物，賈西琳，它不是妳父親，我不能讓妳放了它。」

「她在說謊。」雪人堅持說，「她不希望妳認識我，賈西琳。她不想讓妳認識自己的父親，她想把我永遠囚禁在這個冰天雪地的洞穴裡。」

我轉身看著阿姨。

她的表情變得嚴厲而冷酷，她冷冷的回看著。

我深深吸了一口氣，告訴她說：「桂塔阿姨，我得知道眞相。」

「我已經告訴妳眞相了。」她堅稱。

「我得自己找出眞相。」我答道，「我……我在妳把紙奪過去撕掉之前，看到最後幾行字了，我知道整首詩了，桂塔阿姨。」

這句英文怎麼說

她的表情變得嚴厲而冷酷。
Her face had grown stern and hard.

「不要……」阿姨伸手向我懇求。

我從冰壁上退開，將童謠背誦出來。

當雪融之際，
當暖陽照著你，
小心雪人——
因雪人將獲得自由！

「不，賈西琳！不行！不行！不行！不行啊！」桂塔阿姨慘呼連連，她將手壓在臉上不住的喊道：「不行！不行！不行！」

我轉身面對雪人，看著它開始融化。

白白的雪像融化的冰淇淋一樣，從它的臉上及身體滴落。黑色的眼睛掉到雪地上，臉面融到身體上，雪從圓圓的身體流淌下來，樹枝做的手臂也重重掉在地面。

雪人的眞面目慢慢顯現了。

它的身體也從白雪下緩緩的顯現出來。

我看著雪一滴滴的化開。

接著我張開嘴，驚駭萬分的尖叫起來。

這句英文怎麼說

好恐怖的怪物啊！
Such a hideous monster!

30.

怪物！

一個醜陋、咆哮不已的紅皮膚怪獸從融化的雪堆裡走了出來。

桂塔阿姨說的是實話。

雪人裡封的是怪獸，不是我的父親。

不是我爸爸。

一個怪物……好恐怖的怪物啊！

牠的頭和身體全覆著粗糙的紅鱗，黃色的眼睛在牛頭般的頭顱上狂亂的轉著，紫色的舌頭在一嘴亂牙中拍來拍去。

「不！不！不！不！」桂塔阿姨喊道，雙手仍掩著她的臉。淚水從她的臉頰

上流下，流到了她的雙手上。

「我到底做了什麼？」我呻吟說。

怪獸頭一揚，發出一串怪笑。牠用長著鱗、有著三根指頭的手把詩集從雪地裡撿起來，扔到山腰上。

「接下來輪到妳了！」牠對我狂吼。

「不要……拜託你！」我懇求牠說。

我抓住桂塔阿姨的肩膀，將她從壁架上拉開，兩個人緊貼在冰穴的寒冷壁面上。

「再見了。」怪物低呼一聲說：「再見了，二位。」

「可是我救了你一命啊！」我請求說，「這就是我的回報嗎？被丟到山腰上？」

紅鱗怪獸點點頭，咧嘴一笑，露出更多差參的牙齒。「沒錯，這就是妳的回報。」

牠用強壯的手將我舉起來，掐住我的腰。

這句英文怎麼說

這就是我的回報嗎？
Is that my reward?

牠掐得好緊，我連呼吸都沒辦法。

牠用另一隻手抓起桂塔阿姨，把我們兩個高舉過頭。

緊接著惡吼一聲，把我們兩個抓到山腰上。

31.

牠強而有力的手把我們拎到懸崖邊。

我往下看，看到那萬丈絕壁下的雪地。

令我訝異的是，怪獸並沒有鬆手。

牠旋過身，將阿姨和我扔回壁架上。

「咦？」我嚇得叫了一聲。

此刻怪獸只是望著壁架下頭，不再理會桂塔阿姨和我了。

我拚命的喘著氣，並轉身循著怪獸的視線望過去。

我終於明白到底是什麼嚇著怪獸而救了我一命了。

有一列隊伍！

這句英文怎麼說

令我訝異的是，怪獸並沒有鬆手。
To my surprise, the monster didn't let go.

一長列的雪人。

村子裡所有的雪人全都排成一列朝冰穴走來了。

它們的紅圍巾在風中飄揚，枝臂隨著它們的步履而上下晃動。

它們像士兵般朝我們行進，隆隆有聲的向我們躍過來。它們全都長得一個樣——嚴肅的疤面上帶著一抹邪惡的笑容。

「我、我不相信！」我不知所措的抓著桂塔阿姨的手臂說。

我們驚疑不已的注視著向我們行來的雪人。

「它們都是來幫怪獸的。」桂塔阿姨低聲說，「我們死定了，賈西琳，死定了。」

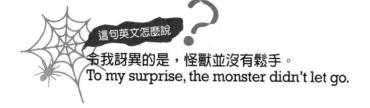

32.

雪人的隊伍嘈嘈嚷嚷的走上冰架，踩踏有秩的轟隆聲隨著距離拉近而越來越響。

那聲音在覆雪的山頂上迴盪著，感覺上像千軍萬馬向我們襲來。

桂塔阿姨和我蜷貼在光滑的穴壁上。

我們無處可逃，怪獸擋住了冰穴的入口，雪人大軍阻斷了壁架上所有的逃生之路。

雪人大軍越逼越近，近到圓黑的眼睛散發的怒意都清晰可見，近到可以看見它們臉上蛇般的深疤。

桂塔阿姨和我無法動彈，只能舉起手來護住自己。

這句英文怎麼說

我們無處可逃。
We had nowhere to run.

接著雪人越過我們而去。

阿姨和我驚訝得張大了嘴。

它們快速的朝著怪獸彈跳過去，重重踩過冰層，揮舞著手，黑色的眼睛閃著凶光。

它們對著震驚不已的怪獸跳過去，並推著牠，將牠往後頭推。

雪人隊伍堆擠到怪獸身上，一個雪人，接著兩個雪人，然後十個雪人一起擠了上去。

它們擠壓著怪獸遍佈鱗片的紅色軀體，將牠往後推，再往後推。

怪獸仰頭發出一聲怒吼。

但那吼聲卻被一個滾過牠頭部的雪人壓過去了。

桂塔阿姨和我驚詫的看著雪人們蜂擁而上。

它們將怪獸推到穴壁上。

我們看著怪獸強而有力的手在空中無助的狂擺。

接著怪獸便消失在雪人的擠壓下了。

雪人隊伍繼續朝前推擠。

它們使勁而無聲的推著。

就像一場無聲的雪崩。

當雪人終於退開時，只見怪獸僵立在那邊，手臂向前伸著，一副作勢攻擊的樣子。

但牠沒動，因爲牠已經完全陷入冰壁之中了。

怪獸被囚禁在裡面了。

雪人將怪獸活生生推進了冰壁裡。

用玻璃般的冰壁將牠封住。

桂塔阿姨和我站在冰穴入口旁抖成一團，我們仍然緊抱著彼此。

我的腿都軟了，我可以隔著桂塔阿姨的大衣感覺到她在發抖。

「爲什麼所有的雪人都上山來了？」我問阿姨，「是妳弄的嗎，桂塔阿姨？」

她搖搖頭，眼睛還是不可置信的瞪大著。「我沒把它們弄上這裡啊，賈西琳。」她輕聲說，「我跟妳說的是實話，我沒有魔力，妳爸媽才是巫師，我不是

這句英文怎麼說

我的腿都軟了。
My legs felt weak and rubbery.

呀！」

「那麼是誰叫它們上山來救我們的？」我問。

「是我！」一個聲音喊道。

33.

我轉身望向冰架——我看到康洛德站在那兒。他的灰髮在風中亂飛，白狼則站在他身側。

「是你讓雪人跑來的？」我叫道，「你也是巫師嗎？」

康洛德點點頭，他看著困在冰層裡的怪獸，臉上露出一抹笑意。

「是的，是我派它們來救妳們的。」他說。

桂塔阿姨瞇起眼睛看著康洛德，當她打量他的臉時，嘴巴也忍不住張開了。

「是你！」桂塔阿姨大叫說：「原來是你！」

康洛德的笑意更深了。「沒錯。」他說。

「他……他是誰呀？」我問。

這句英文怎麼說

是你讓雪人跑來的？
You made the snowmen march?

桂塔阿姨轉頭看著我，把手放在我的肩上，輕柔的說：「賈西琳，我搬回這裡是因爲我想他可能還在這裡，沒錯，我想的沒錯，他確實在這裡。」

阿姨緊抓著我的肩頭，對我一笑，然後熱淚盈眶的低聲說：「康洛德是妳的父親。」

康洛德和我同時哭出聲來。

他衝過冰壁將我抱住，用臉緊貼著我的臉，長長的鬍子刺在我的臉上。

「我簡直不敢相信！」他大喊著退開一步，眼中盡是淚水。「這麼多年了……我都認不出妳了，賈西琳。眞高興桂塔能把妳帶回村子裡來。」

「你……你眞的是我爸爸？」我結巴的問。

康洛德沒機會回答，因爲蘿蘭達和阿里向我們跑來了。

「你們沒事吧？」他們大聲的問。

康洛德指著蘿蘭達和阿里，「是他們救了妳們的。」他告訴桂塔阿姨和我說，「他們告訴我說妳打算爬到冰穴，我一聽便施展魔法，派雪人上山救妳了。」

「哇！」阿里看到封在冰裡的怪獸時大聲喊道，「你們看看！」

「那是壞雪人。」康洛德向他們解釋，「它再也無法威脅我們村子了。」

蘿蘭達和阿里走近去仔細看著囚在冰裡的怪獸。

我轉身對父親說：「我不明白，當年媽媽和桂塔阿姨離開時，你爲什麼要留下來？爲什麼要住在冰穴附近？」

爸爸搔搔鬍子嘆了口氣說：「說來話長，妳小時候，妳媽媽和我在練習強大的魔法，結果魔法失控，不小心就創造出這個怪獸了。」

他指著怪獸搖頭說：「我們把怪獸封在雪人的身體裡，」他解釋，「妳媽媽很想離開，她又害怕又氣惱，想遠遠的搬離這村子，好永遠忘記這件不愉快的事。」

「那你爲什麼留下來？」我問。

「我留下來是因爲覺得欠村人一份情。」他解釋說，「我應該把雪人困在冰穴，別讓它傷害村人。」

爸又悲傷的嘆了口氣說：「於是我便留下來了，守在我們所創造的怪獸附近，可是……可是……離開妳是我這輩子最大的痛！」

這句英文怎麼說

雪人把我們全圍起來了。
The snowmen had us totally surrounded.

他環住我的肩膀，鬍子再次搔在我臉上。

「我總是夢想有一天能離開山區去找妳。」他輕輕的說，「如今怪獸死了，恐懼終於結束了，桂塔也將妳帶回來了，也許……」

爸爸的聲音一顫，他對著桂塔阿姨笑了笑，然後對我笑著。他吸了一口氣，試著再說一遍：「也許……我們可以重新來過了。」

爸爸攬著我，一起轉身朝山下走去。

「嘿——！」我大喊一聲，看到雪人們過來擋住我們的路。

與父親重逢實在太高興了，我壓根忘了還有那些雪人！現在它們圍了過來，將我們團團圍住。

它們用烏亮的眼睛看著我們，眼神冷酷極了。

「它們、它們在做什麼？」我支支吾吾的問。

父親還來不及回答，其中一個雪人便跳出來朝我們走過來。

雪人曲著臂，眼神閃爍有光。

我抓著父親的臂膀，雪人把我們全圍起來了。

我們無處可逃，也沒機會可逃。

那雪人在離父親數吋的地方停住了——然後張嘴說起話來。

「我們現在可以下山了嗎？」雪人問道：「這上頭真的很冷！」

我怎麼會想起這首兒歌？
Why did that rhyme return to me?

從我長記性以來，她就一直有著白頭髮。
She has had white hair for as long as I can remember.

它們看起來像是用薑餅蓋成的。
They looked as if they were made of gingerbread.

好詭異的雪人哪。
What a weird snowman.

我沒辦法將視線從那道疤痕上移開。
I couldn't take my eyes off the scar.

房屋之間的距離漸次加大。
The houses were farther apart.

我嚇到你了沒？
Did I scare you?

講這種話可真詭異啊。
What a weird thing to say.

結果到底是什麼原因？
So what's the real reason?

路向上繞得更高了。
The road curved higher.

我決定繼續往前走。
I decided to keep going.

外邊的雪實在太亮了。
The snow had been so bright outside.

那東西立刻停止咆哮。
The snarling stopped instantly.

你為什麼闖入我家？
Why did you break into my house?

他憑什麼那樣對我大吼大叫啊！
He has no right to shout at me like that!

雪人住在冰穴裡。
The snowman lives in the ice cave.

我的靴子陷在深深的雪堆裡。
My boots sank into deep drifts.

會不會我一跑，牠就攻擊我？
Would it attack the moment I tried to run?

我發現有人在跟蹤我！
I'm being followed! I realized.

她穿過街道朝我跑來。
She jogged across the road to me.

她緊張的回頭看看她老弟。
She glanced back tensely at her brother.

我使勁的點頭。
I nodded my head furiously.

她眼神閃躲，避開我的注視。
She glanced away, avoiding my eyes.

為什麼她現在變得這麼怪？
Why is she acting so strange now?

灌木叢在微風中顫動。
Bushes trembled in a soft breeze.

那聲音為什麼聽起來那麼像人的聲音？
Why did the howls sound so human?

那影子斜斜的映在路上。
The shadow tilted over the road.

它在冷風中飄盪。
It flapped in a gust of cold wind.

我把自己鎖在門外了！
I had locked myself out!

我看著窗底那一小道開口。
I stared at the tiny opening at the window bottom.

一個陌生的聲音憤憤的低聲說。
A strange voice demanded in a raspy whisper.

天花板的燈一下子亮了。
The ceiling light flashed on.

睏到沒力氣去想這些事了。
Too sleepy to think any more about these questions.

我倒抽了口氣坐起來。
I sat straight up with a gasp.

別在外面待太晚。
Don't stay out late.

尖叫聲卡在我喉嚨裡。
My scream caught in my throat.

我得靠過去才聽得見她說話。
I had to lean closer to hear her.

蘿蘭達挪了挪身子。
Rolonda shifted her weight.

我們不知道他到底是瘋子還是壞人。
We don't know if he's crazy or evil.

我的聲音在小小的房間中高聲迴盪著。
My voice echoed shrilly in the small room.

是該有人告訴你了。
You had to be told.

有那麼一會兒，我還以為是自己在幻想。
For a moment, I thought it was my imagination.

阿里……那可怕的是什麼事？

Eli—what is the scary part?

他舉起戴著手套的手示意要我別說話。

He raised a gloved hand to silence me.

談起來太恐怖了。

It was just too frightening to talk about.

我踩到東西，忍不住叫出聲來。

I cried out when I stepped in something.

一股恐懼襲來。

Panic swept over me.

那是一種奇異的村落傳統。

It's a strange village tradition.

我非得知道事情的真相不可。

I have to know the answers to things.

我想了個妙計來解決康洛德。

I had a plan to take care of Conrad.

我跟你們打個商量好了。

I'll make a deal with you.

我很高興雪人完成了。

I felt glad when the snowman was finished.

這招沒有用的啦。

This isn't going to work.

該我行動了。

Time for me to move.

我站起來轉身面對康洛德。

I stood up and turned to face Conrad.

我得繼續前進。

I had to keep going.

我並沒有等很久。
I didn't have to wait long.

我怕自己打滑，於是跪了下來。
Afraid I might slip off, I dropped to my knees.

可是它卻令我僵在那裡。
But it had me frozen there.

我發出長長的悲號。
A long wail escaped my throat.

妳阿姨有搬回來的理由。
Your aunt had a good reason for coming back.

我已經知道怎麼救它了。
I already knew how to rescue him.

我試著警告過你的。
I tried to warn you!

阿姨的臉因驚愕而扭曲。
My aunt's face twisted in surprise.

哪一個人說的才是真話？
Which one was telling the truth?

可是我心意已決。
But I'd made up my mind.

我不可置信的盯著它。
I stared at it in amazement.

她的表情變得嚴厲而冷酷。
Her face had grown stern and hard.

好恐怖的怪物啊！
Such a hideous monster!

這就是我的回報嗎？
Is that my reward?

- 令我訝異的是，怪獸並沒有鬆手。
  To my surprise, the monster didn't let go.
- 我們無處可逃。
  We had nowhere to run.
- 我的腿都軟了。
  My legs felt weak and rubbery.
- 是你讓雪人跑來的？
  You made the snowmen march?
- 雪人把我們全圍起來了。
  The snowmen had us totally surrounded.

雞皮疙瘩系列 15

小心雪人

原著書名── Beware, the Snowman
原出版社── Scholastic Inc.
作　　者── R.L. 史坦恩（R.L.STINE）
譯　　者── 柯清心
責任編輯── 劉枚瑛、何若文
文字編輯── 林慧雯

國家圖書館出版品預行編目 (CIP) 資料

小心雪人 / R.L. 史坦恩 (R.L. Stine) 著 ; 柯清心譯 .
-- 2 版 . -- 臺北市 : 商周出版 : 家庭傳媒城邦分公司發行 ,
民 104.11 176 面 ; 14.8x21 公分 . -- (雞皮疙瘩系列 ; 15)
譯自 : Beware, the snowman
ISBN 978-986-272-904-5(平裝)
874.59　　104020133

版　　權── 翁靜如、吳亭儀
行銷業務── 林彥伶、石一志
總 編 輯── 何宜珍
總 經 理── 彭之琬
發 行 人── 何飛鵬
法律顧問── 台英國際商務法律事務所 羅明通律師
出　　版── 商周出版
臺北市中山區民生東路二段 141 號 9 樓
電話：(02) 2500-7008 傳真：(02) 2500-7759
E-mail：bwp.service @ cite.com.tw
發　　行── 英屬蓋曼群島商家庭傳媒股份有限公司城邦分公司
臺北市中山區民生東路二段 141 號 2 樓
讀者服務專線：0800-020-299 24 小時傳真服務：(02)2517-0999
讀者服務信箱 E-mail：cs @ cite.com.tw
劃撥帳號── 19833503 戶名：英屬蓋曼群島商家庭傳媒股份有限公司城邦分公司
訂購服務── 書虫股份有限公司客服專線：(02)2500-7718；2500-7719
服務時間：週一至週五上午 09:30-12:00；下午 13:30-17:00
24 小時傳真專線：(02)2500-1990；2500-1991
劃撥帳號：19863813 戶名：書虫股份有限公司
E-mail：service@readingclub.com.tw
香港發行所── 城邦 (香港) 出版集團有限公司
香港 灣仔 駱克道 193 號東超商業中心 1 樓
電話：(852) 2508-6231 傳真：(852) 2578-9337
馬新發行所── 城邦 (馬新) 出版集團
Cité(M) Sdn. Bhd. 41, Jalan Radin Anum,
Bandar Baru Sri Petaling, 57000 Kuala Lumpur, Malaysia.
電話：(603)9057-8822 傳真：(603)9057-6622
商周出版部落格── http://bwp25007008.pixnet.net/blog
政院新聞局北市業字第 913 號

美術設計── 王秀惠
印　　刷── 卡樂彩色製版有限公司
經 銷 商── 聯合發行股份有限公司 新北市 231 新店區寶橋路 235 巷 6 弄 6 號 2 樓
電話：(02)2917-8022 傳真：(02)2911-0053

■ 2003 年（民 92）12 月初版
■ 2020 年（民 109）09 月 29 日 2 版 2 刷
■ 定價 / 199 元

ISBN 978-986-272-904-5

Printed in Taiwan
城邦讀書花園
www.cite.com.tw

商周出版

廣 告 回 函
北區郵政管理登記證
台北廣字第000791號
郵資已付，免貼郵票

104 台北市民生東路二段 141 號 9 樓

城邦文化事業（股）有限公司

商周出版 收

請沿虛線對摺，謝謝！

Goosebumps

雞皮疙瘩

商周出版

書號：BG7055　書名：小心雪人　編碼：

請於此處用膠水黏貼

商周出版

讀者回函卡

謝謝您購買我們出版的書籍！請費心填寫此回函卡，我們將不定期寄上城邦集團最新的出版訊息。

姓名：______________________ 性別：□男　□女

生日：西元 ________ 年 ________ 月 ________ 日

聯絡地址：______________________

聯絡電話：______________________ 傳真：______________________

E-mail：______________________

學歷：□1.小學 □2.國中 □3.高中 □4.大專 □5.研究所以上

職業：□1.學生 □2.軍公教 □3.服務 □4.金融 □5.製造 □6.資訊
□7.傳播 □8.自由業 □9.農漁牧 □10.家管 □11.退休 □12.其他
____

您從何種方式得知本書消息？
□1.書店 □2.網路 □3.報紙 □4.雜誌 □5.廣播 □6.電視 □7.親友推薦
□8.其他 ______________________

您在哪裡購買本書？
□1.金石堂（含金石堂網路書店） □2.誠品 □3.博客來 □4.何嘉仁
□5.其他 ______________________

您喜歡閱讀的小說題材是？
□1.浪漫 □2.推理 □3.恐怖 □4.歷史 □5.科幻/奇幻 □6.冒險
□7.校園 □ 8.其他 ______________________

您最喜歡的小說作家？
華人：______________________ 國外：______________________

最近看過最好看的小說是哪一本？
____

請於此處用膠水黏貼

Goosebumps®

Goosebumps®